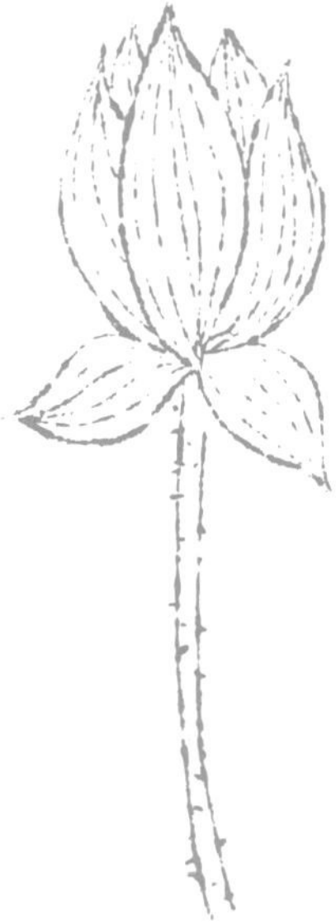

一句好话

张晓风 著

中国工人出版社

其实，你跟我都是借道前行的过路人（代序）

那天放假，是端午节的假。从前，端午节是不放假的，原因不详。似乎是，从民国开始，当权人士就对农历节庆有点仇视。但挨挨蹭蹭混了七十多年，发现老百姓还是爱过老节，终于投了降，把清明、端午、中秋的假一一照放。想来，说不定，有一天连旧历的花朝日或重阳节都放假也未可知。

那一天，因为是第一次得到一个新鲜的端午假日，十分兴奋，于是全家出发，驾上车，浩浩荡荡赴大屯山去赏蝶，以为庆贺。奇怪的是，事近十年，现在回想起来，那蝴蝶漂亮的青翅倒不算印象深刻，使我惊愕难忘的倒是另一幅景象。

蝴蝶并非不美丽，但它的美对我而言是“意料中事”，并无意外可言。我在导游手册上找到“蝴蝶廊”的名字，就“按图索蝶”前往大屯山一探，果真找到了它们。

但另外的那个景象却是我“碰”上的，导游手册里完全没提到。

2

那天我从阳投公路左转，往大屯山主峰的方向开去，蝴蝶廊便在大屯山主峰上。天气晴和，它们三三两两在阳光下舒翅，它们的翅膀有如青天一角，又如土耳其蓝玉。看完蝴蝶，我继续前往于右任墓，忽然，毫无防备，它，出现在车前。

它显然极度惊惶，它是一条碧绿色的小蛇。蛇虽然也有嘴脸眼睛，但蛇的表情大约是我们人类读不懂的吧？只是它急恐窜逃的样子我看得懂，它的肢体在痉挛中飞迅蠕动，把那翡翠一般优雅的皮色舞成一片模糊晃动的碎琉璃。

我在它横越马路的地方轻轻刹车，距它大约四公尺，我停在那里对它说：

“不要怕，我让你，你是行人，你先过。”

窄窄的山路，对它竟是天险难渡。不知是不是因为柏油路面不利于它的蠕动，它看来张皇失措。

“对不起，吓到你了，你的名字是不是叫小青？今天是端午节，你知不知道，今天这日子跟你们蛇族的故事有关呢！”

它战栗，这是它生死攸关、存亡续绝的时刻。

“不要这样，这条路又不是我的，我们两个都只不过是偶然借道前行的过路人罢了！你好好走嘛！这座山与其说属于我的祖先，不如说是属于你的祖先。我打扰了你们的领域，我说道歉都来不及，你又何必吓成这样呢？”

小蛇窜入草丛，转瞬消失。

事情过了快十年了，它那抖动如飞鞭的身形，它那痛苦扭折的“S”形常在我眼前晃动，我为自己和人类文明加诸于它的苦楚而深感苦楚。

不知它如今还活着吗？曾经，某年某月某日某时，我与它，两个同被初夏阳光蛊惑而思有所动的生物，一起借道而行，行经光影灿烂的山路。它是那样碧莹美丽，我不能忘记。

目录

诗　课

花开花落僧贫富

云去云来客往还

各位同学：

黑板上写的一副郑板桥的对子，是他为一所寺庙题的。可是这副对子是什么意思呢？谁能回答我？好，这个同学，你说：

“花开了，花落了，僧人有时候有钱，有时候又穷了。云来了，云去了，客人有时候来，有时候又走了。”

你们大家想，这样的解释对不对呢，还有没有人有别的意见？好，你说：

“花开花落是无常的，正如僧人时贫时富。云来云往也不一定，就像客人来去无凭。”

这样算不算解释了这副对联？不，这副联还没有解出来。其实，中国韵文的句子因为短，有时候不免很简略，简略到一般人不容易看懂的地步。下面我稍微提示一下，相信你们就会懂。这句子应该这样说：

住在寺中的僧人啊
也有他暴富和赤贫的时候
每季花开，他简直富裕得像暴发户
但是花一萎谢，他又一无所有了
至于他的交游对象呢
喔，他倒是有一群叫云的好朋友呢
云来云去也就是好友的一番酬酢应对了

从句法上来说，如果我们把原句再加一两个字，变成像散文一样，就很容易明白了：

花开花落乃是僧之贫富，云去云来可谓客之往还。

但是诗句宜简洁，只能靠自己去体会，不能像散文说得那么清楚。

可是说到这里，郑板桥的句子是不是十分清楚了呢？还不然。如果真要懂得这个句子，还应该对古人其他的诗文稍稍了解一些才好。事实上，把云雾和山僧野叟写在一起，是中国诗人非常喜欢的做法，至于把花跟钱联想到一起，也是中国诗人非常雅致的尝试。例如，宋朝诗人杨万里就有一首题为《戏笔》的诗：

野菊荒苔各铸钱

金黄铜绿两争妍
天公支予穷诗客
只买清愁不买田

多么可爱的一首小诗，翻成现代诗也挺不错：

秋天来了
野菊花和青苔各自开起铸币厂来啦
野菊负责铸艳黄色的金币
青苔制造的却是生了绿锈的铜币
大把的铜币和金币就如此撒满了秋原，彼此竞艳啊
这种钱是上帝送给穷诗人的
但拥有这堆钱币的诗人买到了什么呢
他只买到秋来的清愁
而不曾买到房地产

另外元曲里“又不颠，又不仙，拾得榆钱当酒钱”的句子也饶有趣味。榆钱其实是榆树的种子，春天里会“舞困榆钱自落”。在北方，春荒的时候，穷人把榆钱拌些面粉蒸着来吃。由于它圆圆的，的确像钱币，所以人人都叫它榆钱。刚才那首散曲说得很动人：

如果我疯癫了
那么当然可以拿榆钱付酒钱

如果我成了仙了

一点指之间榆钱自可化钱币

但现在我是个常人

居然也糊里糊涂从口袋里掏出一枚榆钱

自以为是钱币就要去付酒钱了呢

这样看来，把花木和钱联想在一起，倒也是个很有渊源、很有来历的想法呢！

至于云呢，由于中国山区地带湿度比较大，所以中国的山景在情境上和欧洲的山景是不同的。瑞士的山景，由于气候晴爽，线条刚烈清晰，中国的山却是云来雾往、烟锁岚封的。国画里的山每每在虚无缥缈间躲迷藏，如果你游过这样的山，如果你看过这样的国画，再来了解郑板桥的句子，就一点儿也不难了。

唐诗中“松下问童子，言师采药去。只在此山中，云深不知处。”应该是大家所熟悉的。另外还有一首唐代僧人所写的七绝，应该更能表达这种情感：

万松岭上一间屋

老僧半间云半间

三更云去做行雨

回头方羡老僧闲

这首诗真不得了，老僧和云之间简直成了 roommate（指同租一间房的“室友”）了。中国诗里一向把人云的关系写得很亲密。

了解到这一点，郑板桥的联句虽然别致新鲜，倒也非常隶属传统的诗情。

解释一个联句，我们竟花了半小时。其实，我说得还不够多，应该还要再说它的平仄声调才对。花一小时讲两句对联绝不过分，但是今天到此为止。我只希望你们了解，小小的一句诗也是包藏着层层诗心的啊！不要轻易忽略过去，好好地读一遍读两遍读三遍，慢慢体会它，它会报偿你，向你展示它繁复多叠的美丽。

后记

这是我的一堂演讲的记录稿，由于敝帚自珍的心情而保留下来。

炎方的救赎

——读汤显祖《牡丹亭》①

凭依造化三分福

绍接诗书一脉香

——《牡丹亭》第二出言怀

一、两组数字

1564—1616

1550—1616

上面这两组数字对你而言有什么意义呢？

前一组是英国剧作家莎士比亚的生卒年份，后一组是明朝汤显祖的。前者世人皆知，后者则可能连国人也不晓。

① 自从在梦中遇见那温柔的男子，杜丽娘忽然意识到自己生命里有所欠缺有所不足，而在遥远的炎方，却有郁勃蓊茂的生命正等待与她相遇。

二、他们的坐标

“从前，很久很久以前，有一个国王……”

童话，常常是没头没脑的，闹不清是哪朝哪代的故事。而汤显祖的《牡丹亭》却正经八百的有其时空坐标。而且，几乎还附上男女主角 DNA 血统书。

故事的时代坐落在南宋，地点在江西省的南安（现在叫大庾）太守第。这汤显祖有一点点自私，这么美丽的故事情节，他舍不得让它发生在别的地方，便让它发生在自己的故乡。不同的是汤显祖是临川人，临川属于江西北部，南安属于江西南部，这两个地方的距离大约有一个台湾那么长。至于女主角杜丽娘，她的父系祖先是杜甫，母亲则是甄后的后代。至于男主角呢，是柳宗元的后裔。男主角另有一位姓韩的朋友，他是韩愈之后。更奇的是当年柳宗元笔下有位郭驼，他是位驼背园丁，他们家族从唐朝驼到宋朝，世代都驼，也都做园丁，且世代在柳家做园丁，柳家去了岭外，郭驼也追随而去。

其实，整部《牡丹亭》里的人物都在“重生”。杜家重生，柳家重生，韩家重生，甄家重生，郭家重生……借着后代，孳衍不息。所以，杜丽娘能重生，好像并不奇特。

大部分读《牡丹亭》的人会被杜丽娘的“死忠”（真的是以死来忠）吓到，忍不住为她的专致钟情而泪下。但我读《牡丹亭》却为另两个字而痴迷，那两个字是：

炎方

这两个字出现在第二出柳梦梅一上场所念的诗句中：

寒儒偏喜住炎方

我对炎方两字痴迷，是因为那两个字是“热带”的意思。而热带，不正是我自小被命运安排，所一直定居的地方吗！

炎方两字并不是汤显祖叫出来的，它早就存在了，在唐诗里，有下面这样的句子：

柳宗元《南中荣橘柚》：“橘柚怀贞质，受命此炎方。”

司空曙《送郑明府贬岭南》：“莫畏炎方久，年年雨露新。”

李绅《红蕉花》：“红蕉花样炎方识，瘴水溪边色最深。”

雍和《郊庙歌辞》：“昭昭丹陆，奕奕炎方。”

贾岛《送人南归》：“炎方饶胜事，此去莫蹉跎。”

贾岛《送人南游》：“蛮国人多富，炎方语不同。”

杜甫《……戏呈元二十曹长》：“衰年旅炎方，生意从此活。”

当然，提到炎方，也有说坏话的，例如：

沈佺期《赦到不得归题江上石》：“炎方谁谓广，地尽觉天低。”

卢纶《逢南中使因寄岭外故人》：“炎方难久客，为尔一沾襟。”

于鹄《送迁客》：“遍问炎方客，无人得白头。”

白居易《夏日与闲禅师林下避暑》：“每因毒暑悲亲故，多在炎方瘴海中。”

李白《古风》：“炎方难远行。”

对唐人而言，虽然广大的帝国版图早已延伸到丰美的南方，但南方仍是瘴疠之乡，它或许是美丽的，却和蛊惑和死亡和脚气病和脾湿……来联想。

然而，南方持续丰美。

长江在流，岷江在流，沅江资江湘水在流，漓江丽江在流，珠江在流、闽江在流……

南方持续丰美。

橘柚溢芬，荔枝传香。鲛人在月下泣珠，东海龙王忽然成了新任的财神，坐拥一切海上的资源。沈万三从家中的后门水巷出发，小船换大船，他便挺进天涯，比陶朱公走得更远，于是有人传说，他拥有聚宝盆。

南方持续丰美，海洋的蓝色暖流为黄河输血，南方持续丰美。

在汤显祖的笔下，杜甫的后代不再隶籍河南，杜丽娘为自己造像时说的是：

“如果我不为自己画一张像，有谁会知道会思念西蜀杜丽娘的美貌呢？”

她和她的父亲把杜甫一度流浪逃难的四川当作了新的故乡。

南方，南方持续丰美。

而柳梦梅，在祖先一度被贬的两广炎方，在记忆中遭诅咒的流放之地，在丰美的果园中他成长了。上场诗中他说：

> 凭依造化三分福
> 绍接诗书一脉香

在遥远的南方，在阳光和花香的祝福下，文化被传承，梦想被认可，美丽的故事在酝酿，传说如风雷隐隐成形，神话刚裂地而出，旋即耸然入云。

于是他们各自站在他们的时空坐标，在最混乱的年代，当战争和流血侍立在身边，他们却各自坐落在自己的新故乡。他们没有依傍，有的只是春天里的一株灿如黄金的垂柳，或一树开疯了的梅花，以及一座不知“当今是谁家天下”的又荒凉又华美的园子。如果人间还有什么可依赖的话，恐怕也只像“欲望街车”中田纳西威廉倩女主角说的：

“我总要信任陌生人的善意。”

对，到后来爱情成了最终的信仰，杜丽娘和柳梦梅，各自信任梦中初见的陌生情人的真意。

“噢，你也在这里吗？”

这是张爱玲形容乱世爱情的一句凄凉的话。世界纷扰，个人的命运可以由云端落入泥淖。但在某个春天，薄暮，某个身穿月白衫子的美丽女子，站在自家后门口，桃花开了，她手扶桃树。然后，男孩走来，跟他说了那句话。后来，命运将他们分开了，他们一世未曾再见面。但那三分钟，在她的生命里却已成永恒。直到晚年，她总是想起那黄昏，以及那与她惊喜相逢的男子，以及他说的：

“噢，你也在这里吗？”

杜丽娘、柳梦梅，他们交集在同一个时空坐标点上，他们是彼此梦中最美的幻象。

“噢，你也在这里吗？”

于是，他们相爱了。也许相逢，也许不相逢，也许局部相逢，这些都无碍于相爱。当有人爱上了某人，某人甚至不需要有名字，他的名字就叫作“我爱”。

三、然而，她在岭北，他在岭南

自从在梦中遇见那温柔的男子，杜丽娘忽然意识到自己生命里有所欠缺有所不足，而在遥远的炎方，却有郁勃蓊茂的生命正等待与她相遇。于是她渴望被点燃，被浸染，她渴望把自己解体并重组。

而柳梦梅也开始立即收拾行装，他知道自己必须出发，如鲑鱼之洄游。去探索他的原乡。如信徒之朝圣，如考古队走入岩穴，他知道这段旅程非去不可。

在长期焦虑无望的等待之余，杜丽娘因渴望而死去。

柳梦梅却翻山越岭而来，在梅岭，他惊遇岭南的梅和岭北的梅，南梅先开，北梅后放，却同样洁白美丽。石砌的古道，砌成某种图案的属广东，越一步，另种图案，已是江西。跳过江西，就算中原地面了。

岭上天寒，柳梦梅一路行来，便病倒了。

曾经，柳梦梅在岭南，杜丽娘在岭北。然而，此刻，柳梦梅到了岭北，杜丽娘却已仙去。柳梦梅并不知道他失去了什么，他只知道自己莫名的失落。

柳梦梅病倒，这来自炎方的男子多么不惯北地的风霜啊！炎方持续丰美，而柳梦梅在大庾岭上，在梅关，彳亍前行。在这自古以来通南往北的大道，他想着，这里曾走过多少洄溯者的脚步啊！

曾经，六祖惠能走过这条路，他要去的地方是湖北黄梅寺。那时他是多么年少啊，只因家贫，必须养老母，他砍了柴去卖。当他把柴担到旅店送给客人，而后，恭敬地倒退着步子离开，忽然听到奇特的声音，他不知道那是什么，只知道如闻天音。山泉流过漱石，凉风吹过饱含明月的松林，也正是此声。这是什么？是诵经，有人告诉他。然而什么是“经”？五祖弘忍那里有经。五祖弘忍人在哪里？在岭北。要走几天可到？走三十几天。奈何我家有老母。我为你出十两银子安家，你去吧！于是那砍柴少年便一路直奔黄梅而去，成就后来一段大姻缘……可是，惠能当年也为此梅花惊艳吗？他也坐此山石，为远方的神秘经书而气血翻涌吗？他会在寒风中思忆柔暖的炎方世界吗？

我，柳梦梅，今告诉亲朋我是为考试而来，经书我自有，然而我果真为科举而来吗？好像不是，我是为生命的奇遇而来，我为发生而来，我为回到先人的脚印而来。六祖惠能曾带着大喜悦、大惊讶攀此山涉此水，并终于带着大彻悟而归。我今越此大庾岭，跨此梅关，走此天堑，我何所求，生命又能何所求……

四、如果你呼叫我，我将跨越冥河而来

杜丽娘的肉体僵冷，静卧在老梅树下。杜丽娘的魂魄悠游，在花径的落英和苍苔间。中原的大地肃穆庄凝，然而它沉沉睡去，如杜丽娘。也许怀着犹温的心，却不再能息视人间。

如果有人能斩开荆棘救回沉睡百年的睡美人公主。如果有人能循着昔日歌声的小径找到中毒的白雪公主，并且将之唤醒。那么，有人能唤回杜丽娘如唤回一整个民族的生命力吗？

炎方，丰美的南国，会是肃穆庄凝的后土的救赎吗？柳梦梅来了，然而柳梦梅感了风寒，曾经是河东（今山西）人士的柳家，如今是岭南人了，岭南人受不了岭北的风雪，至少一时之间受不了。

啊！岭南，曾经是河北人之子的六祖惠能，因为父亲遭贬岭南，而终于被人看成岭南人了。出身河东柳家的柳梦梅，如今也是岭南之人。后世还会有个岭南人孙中山，他们都是一些努力去叫醒别人的人。

救赎，会自南方来吗？英雄，会自炎方来吗？那丰美的南方。当时汤显祖不太了解台湾，他的地理认知到岭南而止。但有一件事他却不知不觉说对了，炎方是救赎，丰美的南方是救

赎，救赎的英雄也来自南方，与世界接轨的南方，因一艘船而走天涯的南方。而南方可以是岭南，可以是香港，可以是台湾。

也许，所有的亲戚都以为柳梦梅是过大庾岭，去赴科举了。然而，唯他自己知道，不是的，他曾承诺于生命的，不止这么少。生命要求于他的，也不止这么小。必有更神圣巨大的任务，那是什么？他也不知道，但他知道如果自己完成了那项任务，便也会附带完成了自己。

“如果你呼叫我，我就为你跨生越死，为你而重履人世，我会褰裳涉水，离开冥河。”

度阡越陌，攀山涉水，过大庾岭，走梅关，柳梦梅终于知道，能去爱一女子，竟是身为男人极伟大的正业。

请你来，来叫醒我，我僵冷，我枯索，请你以你来自炎方的丰饶腴美来润泽我、复苏我。然而，你又必须先爱上我，因为冷冷的呼叫只会令我更冷更灰。只有爱，才是无边的法力，才是超越生死的仙术。所以，真的，你必须先爱上我，凭一幅画，凭画中藏宝图一般的眼波和笑靥的描绘，你必须被勾起我们共同的梦中的记忆，你必须想起我依稀的眉目和呼吸，你必须想起你对我的爱，我才会响应你的呼唤，踏着星光和花香而来。

《牡丹亭》故事极单纯，不过是一个年轻的男孩和女孩生死以之的爱情。然而又极复杂细致，因为“来自炎方”的一切是如此迷人，如神话。

如果你要问我“炎方”两字果真如此令我动容吗？我会说，是的，南方温暖而华美的体质使我着迷，救赎会来自丰美的炎方。但是，如果没有可供救美的杜丽娘，来自炎方的柳梦梅又有什么情节可言呢？

杜鹃之笺注

郑康成为《诗经》作笺，宋人吴正子为李贺诗作笺，凡是美丽且奥义的东西都需“笺”，我今且来为千岩之上万水之畔的杜鹃细细作笺。

对万物，我是这样来判断的：

一切东西，如果真的很好，好到极致，大概终于都会嫁给神话。凡是跟神话无缘的，在我看来，都像新贵乍富，少掉了一些可凭可依的深意。

是故大地有其神话，日月有其神话，星辰和露珠有其神话。此外季节、山川、风俗亦每有其神话。群花虽微，其中总有一些像月下突拔的峰头，平白沾得几许天庭幽辉。凡是能和神话结缘的花，总有其特异的风姿。

而其实所谓神话，不就是一番注解的苦心吗？上帝是造物者，人类则是费心为万物一一作注释的人。相对于宇宙的好生之德，我们不都是“述而不作”如仲尼的人吗？我们不能造山造河，所以只好演述它们的美丽。诗人为它们作感性的释义，科学家为它们作知性的缕析，那说神话故事的人却希望寻幽探微，说破万物的潜秘。此外一切画家、音乐家、哲学家不都如小学生面对试卷，在努力地做着注音和解释的题目吗？

因此，回想起来，七岁那年我所以爱上杜鹃花，其实大半原因是由于先爱上了一则神话。

那年春天，我们住柳州城，房子坐落在山脚下，时时听到风声和鸟声。由于房子是借住的，由于山、由于春天、由于雨雾、由于父亲仍在战线上，童年的我竟也会感应一份客愁。夜深时，我在灯下习字，母亲说：

“这种杜鹃鸟很奇怪，它把自己倒吊在树枝上叫，叫到后来，血都从舌头上滴下来，滴到杜鹃花上，花就染红了。”

春寒犹深的夜里，听到这样凄厉的故事，小小的心不免悸怖觳觫，奇怪的是在惊惧之余偏偏不能自禁地喜欢上这种诡异的花。每次站在杜鹃花前，心中亦惨亦烈，想起泣血的故事，但觉满满一丛树上都是生生死死的牵绊。

杜鹃又名山踯躅和映山红，对我而言，初识杜鹃，原是在山上，漫山的红花，是踯躅不忍言去的颜色啊！幼年时，但记得湘黔线上，火车经过湖南、广西一带（怎知我日后会嫁一个湖南人呢？），竟是在花阵中穿行。那时太小，不知逃难有什么不好，只觉站上小贩卖的腊肠焖饭极好吃，满山满谷的山踯躅极美丽，悠悠的铁轨可以笔直无回地一路开拔下去。

小时候记不住什么湘黔线，却记得一山复一山的杜鹃——虽然不是名种。故土最后的一抹颜色，凄艳绝人，一条光光灿灿照明离人之眼的花之轨迹。

去岁，李霖灿先生和我谈大千先生的故事，他说：

“有一年，大千先生邀我去看杜鹃，他新从瑞典空运回来的黄色杜鹃，极名贵。我去看了，他问我花如何？我笑而不答，他再问，我仍笑而不答。大千先生忽然懂了，洒然大笑说：‘是啦！是啦！我懂啦！这种花，不入法眼，你在云南住过，好的杜鹃品种你是见识过的。’我说：‘对了，正是如此。’”

我听那故事，不胜欣羡，此生此世，如能被人说一句“好的花，她是见识过的！”也就心满意足了。

然后就是台北，记忆中杜鹃该开在南方的山城里，台北亦是多雨多山的城，亦有杜鹃烈烈而发。读大学是在溪城，那时学校草莱初辟，时时看见苏州籍的施季言先生撑着把遮阳伞在后山指挥工人堆石种花，布局之间，恍然有苏州庭园风。他所种下的几乎全是杜鹃（虽然也有栀子）。年年春花，都让我驻足，让我想到这些花原来都是我的同届同学。而今，它们如此云蒸霞蔚，我呢？其中有一丛开在阶梯旁石缝中的粉色杜鹃，我几乎把它看作迷信故事里的“本命树”，年年春天都要和它相对站一会，仿佛那二十岁的长发女孩，此际来重访故人，或者自己。

杜鹃又几乎是所有校园里的宠花，由于是校园花，也可以算是青春的旗标，智慧的泉柱。台大校园里的杜鹃许多是日据时期种下的，杜鹃这种花竟是愈老愈精神，非常像“知识”，是一种历久不凋的容颜。

前些年，不知为什么，忽然流行起重瓣的洋杜鹃，奇怪的是许多花虽因重瓣而美丽，杜鹃却偏偏是单瓣的好看。单瓣的杜鹃才有单纯明朗的线条、干净澄定的颜色。而且台湾杜鹃花期长，又耐得各种气候，真是放诸天下亦可骄傲的春华。

杜鹃开到五月，大致谢了，却由于额外的恩宠，台湾又有一种小朵杜鹃来接棒，它们一般开在山里，有时从悬崖壁缝里倒长下来，乍看不免又惊又喜，看来杜鹃真是中国花，好比中国人喜欢《西游记》之后又有《西游记补》，《西厢记》之后又有《续西厢》，这小朵杜鹃看来亦是杜鹃的续篇。另外有种红心杜鹃（亦名红星杜鹃），也极出奇，大约花中也有隐人高士，红心杜鹃风格高标，竟自顾自地长成一棵树了。看来杜鹃是亦师亦友的对象，与人齐高的可做朋友，硕大成树的可居宗师，至于那小丛小朵的，则是可爱宠娇的孩童。

杜鹃无果，是绝对为美而生存的花，再功利的人看到杜鹃也要心软，知道无用也是可以理直气壮的。

杜鹃花的花期长，是上天的优惠，但它又不像某些花开足十个月，显得太长，反而失去了季节更迭的喜悦。杜鹃花的花时如情人的乍见与相守，聚是久违的狂欢，离是迟迟的驻步，发乎其不得不发，止乎其所当止。

至于多年前的山城春夜，听母亲说那则极美丽且极可怕可伤的神话，现在想想竟不惊了。王尔德笔下的红蔷薇，不也是夜莺刺透胸血而染红的吗？人间的欢愉，人间的艳色，背后不都潜藏着生命极挥洒处的最后一滴血吗？

如果杜鹃花是一部属于春天的经书，则我此番絮絮叨叨便是解释经书的笺注了。上天啊，能否容我为山作笺，为水作注，为大地系传，为群树作疏证。答应我，让我站在朗朗天日下为乾坤万象做一次利落动人的简报。

如果你看不明白这番笺注，就请去翻阅杜鹃那部经书的原典吧！它的墨色淋漓，至今犹新，每一朵花都是一粒点捺分明的字模，每一字可以说破万千法象，亿万朵花合起来则是说不尽的天道悠悠——所以，如果这部解释性的笺注使你愈看愈糊涂，则请你去翻查杜鹃那部经书的原典吧！

许士林的独白

——献给那些睽违母颜比十八年更长久的天涯之人

驻马自听

我的马将十里杏花跑成一掠眼的红烟，娘！我回来了！

那尖塔戳得我的眼疼，娘，从小，每天，它嵌在我的窗里，我的梦里，我寂寞童年唯一的风景，娘。

而今，新科的状元，我，许士林，一骑白马、一身红袍来拜我的娘亲。

马踢起大路上的清尘，我的来处是一片雾，勒马蔓草间，一弓鞭，前尘往事，都到眼前。我不需有人讲给我听，只要溯着自己一身的血脉往前走，我总能遇见你，娘。

而今，我一身状元的红袍，有如十八年前，我是一个全身通红的赤子，娘，有谁能撕去这袭红袍，重还我为赤子？有谁能抟我为无知的泥，重回你的无垠无限？

都说你是蛇，我不知道，而我总坚持我记得十月的相依，我是小渚，在你初暖的春水里被环护，我抵死也要告诉他们，我记得你乳汁的微温。他们总说我只是梦见，他们总说我只是猜想，可是，娘，我知道我是知道的，我知道你的血是温的，泪是烫的，我知道你的名字是“母亲”。

而万古乾坤，百年身世，我们母子就那样缘薄吗？才甫一月，他们就把你带走了。有母亲的孩子可怜母亲的音容，没母亲的孩子可依向母亲的坟头，而我呢，娘，我向何处破解恶狠的符咒？

有人将中国分成江南江北，有人把领域划成关内关外，但对我而言，娘，这世界被截成塔底和塔上。塔底是千年万世的黝黑浑沌，塔外是荒凉的日光，无奈的春花和忍情的秋月……

塔在前，往事在后，我将前去祭拜，但，娘，此刻我徘徊伫立，十八年，我重溯断了的脐带，一路向你泅去，春阳暖暖，有一种令人没顶的怯惧，一种令人没顶的幸福。塔牢牢地揳死在地里，像以往一样牢，我不敢相信你驮着它有十八年之久，我不能相信，它会永永远远镇住你。

十八年不见，娘，你的脸会因长期的等待而萎缩干枯吗？有人说，你是美丽的，他们不说我也知道。

认　取

你的身世似乎大家约好了不让我知道，而我是知道的，当我在井旁看一个女子汲水，当我在河畔看一个女子浣衣，当我在偶然的一瞥间看见当窗绣花的女孩，或在灯下衲鞋的老妇，我的眼眶便乍然湿了。娘，我知道你正化身千亿，向我絮絮地说起你的形象。娘，我每日不见你，却又每日见你，在凡间女子的颦眉瞬目间，将你一一认取。

而你，娘，你在何处认取我呢？在塔的沉重上吗？在雷峰夕照的一线酡红间吗？在寒来暑往的大地腹腔的脉动里吗？

是不是，娘，你一直就认识我，你在我无形体时早已知道我，你从茫茫大化中拼我成形，你从冥漠空无处抟我成体。

而在峨眉山，在竞绿赛青的千岩万壑间，娘，是否我已在你的胸臆中。当你吐纳朝霞夕露之际，是否我已被你所预见？我在你曾仰视的霓虹中舒昂，我在你曾倚以沉思的树干内缓缓引升，我在花，我在叶，当春天第一声小草冒地而生并欢呼时，你听见我。在秋后零落断雁的哀鸣里，你分辨我，娘，我们必然从一开头就是彼此认识的。娘，真的，在你第一次对人世有所感有所激的刹那，我潜在你无限的喜悦里，而在你有所怨有所叹的时分，我藏在你的无限凄凉里，娘，我们必然是从一开头就彼此认识的，你能记忆吗？娘，我在你的眼，你的胸臆，你的血，你的柔和如春浆的四肢。

湖

娘，你来到西湖，从叠烟架翠的峨嵋到软红十丈的人间，人间对你而言是非走一趟不可的吗？但里湖、外湖、苏堤、白堤，娘，竟没有一处可堪容你。千年修持，抵不了人间一字相传的血脉姓氏，为什么人类只许自己修仙修道，却不许万物修得人身跟自己平起平坐呢？娘，我一页一页地翻圣贤书，一个一个地去阅人的脸，所谓圣贤书无非要我们做人，但为什么真的人都不想做人呢？娘啊！阅遍了人和书，我只想长哭，娘啊，世间原来并没有人跟你一样痴心地想做人啊！岁岁年年，大雁在头顶的青天上反复指示“人”字是怎么写的，但是，娘，没有一个人在看，更没有一个人看懂了啊！

南屏晚钟，三潭印月，曲院风荷，文人笔下西湖是可以有无限题咏的。冷泉一径冷着，飞来峰似乎想飞到哪里去，西湖的游人万千，来了又去了，谁是坐对大好风物想到人间种种就感激欲泣的人呢，娘，除了你，又有谁呢？

雨

西湖上的雨就这样来了，在春天。

是不是从一开头你就知道和父亲注定不能天长日久做夫妻呢？茫茫天地，你只死心塌地眷着伞下的那一刹那温情。湖色千顷，水波是冷的，光阴百代，时间是冷的，然而一把伞，一把紫竹为柄的八十四骨的油纸伞下，有人跟人的聚首，伞下有人世的芳馨，千年修持是一张没有记忆的空白，而伞下的片刻却足以传诵千年。娘，从峨嵋到西湖，万里的风雨雷雹何尝在你意中，你所以眷眷于那把伞，只是爱与那把伞下的人同行，而你心悦那人，只是因为你爱人世，爱这个温柔绵缠的人世。

而人间聚散无常，娘，伞是聚，伞也是散，八十四支骨架，每一支都可能骨肉撕离。娘啊！也许一开头你就是都知道的，知道又怎样，上天下地，你都敢去较量，你不知道什么叫生死。你强扯一根天上的仙草而硬把人间的死亡扭成生命，金山寺一斗，胜利的究竟是谁呢，法海做了一场灵验的法事，而你，娘，你传下了一则喧腾人口的故事。人世的荒原里谁需要法事？我们要的是可以流传百世的故事，可以乳养生民的故事，可以辉耀童年的梦寐和老年的记忆的故事。

而终于，娘，绕着那一湖无情的寒碧，你来到断桥，斩断情缘的断桥。故事从一湖水开始，也向一湖水结束，娘，峨嵋是再也回不去了。在断桥，一场惊天动地的婴啼，我们在彼此的眼泪中相逢，然后，分离。

合　钵

一只钵，将你罩住，小小的一片黑暗竟是你而今而后头上的苍穹。娘，我在恶梦中惊醒千回，在那份窒息中挣扎。都说雷峰塔会在凄美的夕照里跌坐，千年万世，只专为镇压一个女子的情痴，娘，镇得住吗？我是不信的。

世间男子总以为女子一片痴情是在他们身上，其实女子所爱的哪里是他们，女子所爱的岂不也是春天的湖山、山间的晴岚、岚中的万紫千红？女子所爱的是一切好气象、好情怀，是她自己一寸心头万顷清澈的爱意，是她自己也说不清道不尽的满腔柔情。像一朵菊花的“抱香枝头死”，一个女子紧紧怀抱的是她自己亮烈美丽的情操，而一只法海的钵能罩得住什么？娘，被收去的是那桩婚姻，收不去的是属于那婚姻中的恩怨牵挂，被镇住的是你的身体，不是你的着意飘散如暮春飞絮的深情。

——而即使身体，娘，他们也只能镇住少部分的你，而大部分的你却在我身上活着。是你的傲气塑成我的骨，是你的柔情流成我的血。当我呼吸，娘，我能感到属于你的肺纳，当我走路，我想到你在这世上的行迹。娘，法海始终没有料到，你仍在西湖，在千山万水间自在地观风望月并且读圣贤书，想天下事，与万千世人摩肩接踵——借一个你的骨血揉成的男孩，借你的儿子。

不管我曾怎样凄伤，但一想起这件事，我就要好好活着，不仅为争一口气，而是为赌一口气！娘，你会赢的，世世代代，你会在我和我的孩子身上活下去。

祭　塔

而娘，塔在前，往事在后，十八年乖隔，我来此只求一拜——人间的新科状元，头簪宫花，身着红袍，要把千般委屈，万种凄凉，都并作纳头一拜。

娘！

那豁然撕裂的是土地吗？

那倏然崩响的是暮云吗？

那颓然而倾斜的是雷峰塔吗？

那哽咽垂泣的是娘，你吗？

是你吗？娘，受孩儿这一拜吧！

你认识这一身通红吗？十八年前是红通通的赤子，而今是宫花红袍的新科状元许士林。我多想扯碎这一身红袍，如果我能重还为你当年怀中的赤子，可是，娘，能吗？

当我读人间的圣贤书，娘，当我援笔为文论人间事，我只想到，我是你的儿，满腔是温柔激荡的爱人世的痴情。而此刻，当我纳头而拜，我是我父之子，来将十八年的亏疚无奈并作惊天动地的一叩首。

且将我的额血留在塔前，作一朵长红的桃花：笑傲朝霞夕照，且将那崩然有声的头颅击打大地的声音化作永恒的暮鼓，留给法海听，留给一骇而倾的塔听。

人间永远有秦火焚不尽的诗书，法钵罩不住的柔情，娘，唯将今夕的一凝目，抵十八年数不尽的骨中的酸楚，血中的辣辛，娘！

终有一天雷峰塔会倒，终有一天尖耸的塔会化成飞散的泥尘，长存的是你对人间那一点执拗的痴！

当我驰马而去，当我在天涯地角，当我歌，当我哭，娘，我忽然明白，你无所不在地临视我，熟知我，我的每一举措于你仍是当年的胎动，扯你，牵你，令你惊喜错愕，令你隔着大地的腹部摸我，并且说："他正在动，他正在动，他要干什么呀？"

让塔骤然而动，娘，且受孩儿这一拜！

后记

许士林是故事中白素贞和许仙的儿子，大部分的叙述者都只把情节说到"合钵"为止，平剧中"祭塔"一段也并不经常演出，但我自己极喜欢这一段，我喜欢那种利剑斩不断、法钵罩不住的人间牵绊，本文试着细细表出许士林叩拜囚在塔中的母亲的心情。

林中杂想

一

我躺在树林子里看《水浒传》。

事情是这样开始的，暑假前，我答应学生“带队”，所谓带队，是指带“医疗服务队”到四湖乡去。起先倒还好，后来就渐渐不怎么好了。原来队上出了一位“学术气氛”极浓的副队长，他最先要我们读胡台丽的《媳妇人门》，这倒罢了，不料他接着又一口气指定我们读杨懋春的《乡村社会学》，吴湘相的《晏阳初传》，苏兆堂翻译的《小龙村》等。这些书加起来怕不有一尺高，这家伙也太烦人了，这样下去，我们医学院的同学都有成为人类学家和社会学家的危险。

奇怪的是口里虽嘟嘟囔囔地抱怨，心里却也动心，甚至下决心要去看一本早就想看的萨孟武的《水浒传与中国社会》。问题是要看这本书就该把《水浒传》从头再看一遍。当时就把这本厚厚的章回塞进行囊，一路同去四湖。

而此刻，我正躺在林子里看《水浒传》，林子是一片木麻黄，有几分像好汉出没的黑松林，这里没有好汉，奇怪的是倒有一批各自说着乡音的退伍军人（在这遍地说着海口腔的台西地带，哪来的老兵呢），正横七竖八地躺在石凳上纳凉，我睡的则是一张舒服的折床，是刚才一个妇人让给我的，她说："喂，我要回家吃饭了，小姐，你帮我睡好这张床。"

咦，世间竟有如此好事，我当即把内含巨款的皮包拿来当枕头（所谓巨款，其实也只有五千元，我一向不爱多带钱，这一次例外，因为自觉是"领队老师"，说不定队上有"不时之需"），舒舒服服躺下，看我的《水浒传》。当时我也刚吃过午饭，太阳正当头，但经密密的木麻黄一过滤，整个林子荫荫凉凉的，像一碗柠檬果冻。

我正看到二十八回，武松被刺配二千里外的孟州，路上其实他尽有机会逃跑，他却宁可把松下的枷重新戴上，把封皮贴上，一步步自投孟州而来。

二

一路看下去，不能不叫痛快，武松那人容易让人记得的是景阳冈打虎的那一段。现在自己人大了，回头看那一段，倒也不觉可贵，他当时打虎，其实也是非打不可，不打就被虎吃，所以就打了，此外看不出他有什么高贵动机，只能证明，他是天生的拳击好手罢了。倒是二十八回里做了囚徒的武松，处处透出洒脱的英雄骨气。

初到配军，照例须打一百杀威棒，武松既不去送人情，也不肯求饶，只大声大气说：

都不要你众人闹动。要打便打！我若是躲闪一棒的，不是打虎好汉！从先打过的都不算，重新再打起！我若叫一声，便不是阳谷县为事的好男子——两边看的人都笑道：“这痴汉弄死！且看他如何熬！”——

武松不肯折了好汉的名，仍然嚷着：

要打便打毒些，不要人情棒儿，打我不快活！

不想事情有了转机，管营想替他开脱，故意说：

新到囚徒武松，你路上途中曾害甚病来？

武松不领情，反而犟嘴：

“我于路不曾害！酒也吃得，饭也吃得，肉也吃得，路也走得！”管营道：“这厮是途中得病到这里，我看他面皮才好，且寄下他这顿杀威棒。”两边行仗的军汉低低对武松道：“你快说病。这是相公将就你，你快只推曾害便了。”武松道：“不曾害！不曾害！打了倒干净！我不要留这一顿‘寄库棒！寄下倒是勾肠债，几时得了！’”两边看的人都笑。管营也笑道：“想你这汉子多管害热病了，不曾得汗，故出狂言。不要听他，且把去禁在单身房里。”

及至关进牢房，其他囚徒看他未吃杀威棒，反替他担忧起来，告诉他此事绝非好意，想必是使诈，想置他于死，还活龙活现地形容“塞七窍”的死法叫“盆吊”，用黄沙压则叫作“大布袋”。不料武松听了，最有兴趣的居然是想知道除了此两法以外，还有没有第三种，他说：

还有什么法度害我？

当下，管营送来美食。

武松寻思道：“敢是把这些点心与我吃了却来对付我？……我且落得吃了，却再理会！”武松把那镟酒来一饮而尽，把肉和面都吃尽了。

武松那一饮一食真是潇洒！人到把富贵等闲看，生死不萦怀之际，并且由于自信，相信命运也站在自己这一边时，才能有这种不在乎的境界，才能要这种高级的天地也奈何他不得的无赖。吃完了，他冷笑一声：

看他怎地来对付我！

等正式晚饭送来，他虽怀疑是“最后的晚餐”，还是吃了。饭后又有人提热水来，他虽怀疑对方会趁他洗澡时下毒手，仍然不在乎，说：

我也不怕他！且得洗一洗。

这几段，真的越看越喜，高起兴来，便翻身拿笔画上要点，加上眉批，恨不得拍掌大笑，觉得自己也是黑松林里的好汉一条，大可天不怕地不怕地过它一辈子。

三

回想起前天随队来四湖的季医生跟我说的一段话，她说："你看看，这些小朋友，他们问我，目前群体医疗的政策虽不错，但是将来卫生署总要换人的呀，换了人，政策不同，怎么办？"

两人说着不禁摇头叹气，我们其实不怕卫生署的政策不政策，我们怕的是这才二十岁左右的年轻人，为什么先自把初生之犊的锐气给弄得没有了？

是因为一直是好孩子吗？是因为觉得一切东西都应该准备好、布置好，而且，欢迎的音乐已奏响，你才顺利地踏在夹道花香中起步吗？唐三藏之取经，岂不是"向万里无寸草处行脚"，盘古开天辟地之际，混沌一片，哪里有天地？天是由他的头颅顶高的，地是由他踏脚处来踩实踩平的。为什么这一代的年轻人，特别是年轻人中最优秀的那一批，却偏偏希望像古代的新媳妇，一路由别人抬花轿，抬到婆家。在婆家，有一个姓氏在等她，有一个丈夫在等她，有一碗饭供她吃——其实，天晓得，这种日子会好过吗？

武松算不得英雄、算不得豪杰，只不过一介草莽武夫，这一代的人却连这点草莽气象也没有了吗？什么时候我们才不会听到“饱学之士”的“无知之言”道：“我没办法回国呀，我学的东西太尖端，国内没有我吃饭的地方呀！”

孙中山革命的时候，是因为有个“中华民国筹备处”成立好了，并且聘他当主任委员，他才束装回国赴任的吗？曹雪芹是因为“国家文艺基金会”委托他着手撰写一部“当代最伟大的小说”，才动笔写下《红楼梦》第一回的吗？

能不能不害怕，不担忧呢？甚至是过了许多年回头一望的时候，才猛然想起来大叫一声说：“哎呀，老天，我当时怎么都不知道害怕呢？”

把孔子所不屑的“三思而行”的踌躇让给老年人吧！年轻不就是有莽撞往前去的勇气吗？年轻就是手里握着大把岁月的筹码，那么，在命运的赌局里做乾坤一掷的时候，虽不一定赢，气势上总该能壮阔吧？

四

前些日子，不知谁在服务队住宿营地的门口播放一首歌，那歌因为是早晨和中午的代用起床号，所以每天都要听上几遍，其实那首歌唱得极有味道，沙嘎中自有其抗颜欲辩的率真，只是走来走去刷牙洗澡都要听他再三重复那无奈的郁愤，心里的感觉有点奇怪：

告诉我，世界不会变得太快
告诉我，明天不会变得更坏
告诉我，人类还没有绝望
告诉我，上帝也不会疯狂
……
这未来的未来，我等待
……

听久了，心里竟有些愀然，为什么只等待别人来“告诉我”呢？一颗恭谨聆受的心并没有“错”，但，那么年轻的嗓音，那么强盛的肺活量，总可以做些什么可以比“等待别人告诉我”更多的事吧？少年振衣，岂下可作千里风幡看？少年瞬目，亦可壮作万古清流想。如此风华，如此岁月，为什么等在那里，为什么等人家来“告诉我”呢？

为什么不是我去“告诉人”呢！去啊！去昭告天下，悬崖上的红心（或作红星）杜鹃不会等人告诉它春天来了，才着手筹备开花，它自己开了花，并且用花的旗语告诉远山近岭，春天已经来了。明灿逼人的木星，何尝接受过谁的手谕才长倾其万斛光华？小小一只绿绣眼，也不用谁来告诉它清晨的美学，它把翠羽的身子在枝头浓缩为一撇“美的据点”。万物之中，无论尊卑，不都各有其美丽的讯息要告诉别人吗？

有一首英文的长歌，名字叫“To Tell the Untold”，那名字我一看就入迷，是啊，“去告诉那些不曾被告知的人”。真的，仲尼仆仆风尘，在陌生的渡口，向不友善的路人问津，为的是什么？为的岂不是去告诉那些不曾被告知的人吗？达摩一苇渡江，也无非本于和圣人同样的一点初衷。而你我十几年乃至几十年孜孜于知识的殿堂，为的又是什么？难道不是要得到更真切的道和理，以便去告诉后人吗？我们认真，其实也只为了让自己告诉别人的话更诚恳、更扎实而足以掷地有声（无根的人即使在说真话的时候也类似谎言——因为单薄不实在）。

那唱歌的人“等待别人来告诉我”并不是错误，但能“去告诉别人”岂不更好？去告诉世人，我们的眼波未枯，我们的心仍在奔驰：去告诉世人，有我在，就不准尊严被抹煞，生命被冷落，告诉他们，这世界仍是一个允许梦想、允许希望的地方；告诉他们，这是一个可以栽下树苗也可以期待清荫的土地。

五

回家吃饭的妇人回来了，我把床还她，学生还在不远处的海清宫睡午觉，我站起身来去四面乱逛。想想这世界真好，海边苦热的地方居然有一片木麻黄，木麻黄林下刚好有一张床等我去躺，躺上去居然有千年前的施耐庵来为我讲故事，故事里的好汉又如此痛快可喜。想来一个人只要往前走，大概总会碰到一连串好事的，至于倒霉的事呢？那也总该碰上一些才公平吧？可是事是死的，人是活的，就算碰到倒霉事，总奈何我不得呀！

想想年轻是多么好，因为一切可以发生，也可以消弭，因为可以行可以止可以歌可以哭，那么还有什么可担心的呢？

真的，还有什么可担心的呢？

地　泉

有一种东西，我们称之为“诗”。

有人以为诗在题诗的壁上，扇上，搜纳奇句的古锦囊里，或一部毛诗，一卷杜子美里。其实，不是的，诗是地泉，掘地数寻，它便翻涌而出，只要一截长如思绪的汲绠，便可汲出一挑挑一担担透明的诗。

相传佛陀初生，下地即走，而每走一步即地涌金莲，至于我们常人的步履，当然什么也引不起。但我相信，在我们立脚之地，如果掘下去，便是万斛地泉。能一步步踩在隐藏的泉脉之上，比地涌金莲还令人惊颤。

读一切的书，我都忍不住去挖一下，每每在许多最质朴的句子里，蕴结着一股股地泉。古书向来被看作是丧气难读的，其实，古书却是步步地泉，令人忍不住吓一跳，却又欣喜不已的。

虎皮讲座

《名臣言行录·外集》里这样记载：张横渠在京中，坐虎皮说《易经》，忽一日和二程谈《易经》，深获于心，第二天便撤去虎皮，令诸生师事二程。

不知为什么，理学家总被常人看作是乏味的一群。但至少，我一想到张横渠，只觉诗意弥弥。

我喜欢那少年好剑跅弛豪纵的关中少年，忽有一天，他发现了比剑还强、比军事还强的东西，那是理。

他坐在一张斑斓的虎皮上，以虎虎的目光，讲生气虎虎的《易经》。

多么迷人多么漂亮的虎皮讲座，因为那样一个人，因为那样一张讲座，连《易经》素黯的扉页都辉亮起来。庖牺氏的八卦从天玄地黄雷霆雨电中浮出，阴爻阳爻从风火云泽中涌现，我一想起来就觉得那样的《易经》讲座必然是诗——雄性的诗。

更动人的是他后来一把推开虎皮椅的决然；那时候，他目光烂烂，是岩下的青电，他推掉了一片虎皮的斑采，但他已将自己化为一只剪风的巨虎，他更谦逊，更低卑，更接近真理，他炳炳烺烺，是儒门的虎。

那个故事真的是诗——虽然书上都说那是理学家的事迹。

那一千七百二十九只鹤

清朝人赵之谦曾梦见自己进入一片鹤山，在梦中，他仰视满天鹤翅，而且非常清楚地记得有一千七百二十九只，正在这一刹那间，他醒了。

忽然，他急急地打开书箧，把所有的藏书和自己的作品一一列好，编列了一套“仰视一千七百二十九只鹤斋丛书”。

如果把这样的梦境叙述给佛洛伊德听，他会怎么说?

一千七百二十九只鹤，在梦里，在鹤山之上的蓝天!

忽然，他了解，鹤是能飞的书。

而书，他明白了，书是能隐的鹤。

当他梦见鹤，他梦见的是激越的白翅凌空，是直冲云霄的智慧聚舞。每一只鹤是一篇素书。

曾经，他的书只是连篇累牍沉重的宋版或什么版，但梦醒时，满室皆鹤，他才发现每一个人自有他的鹤山供鹤展翅，自有他的寒塘能渡鹤影，知识在一梦之余已化生为智慧。

那真是多么像诗的一个梦啊。

照田蚕

照田蚕的故事，使我读起来想哭，记载的人是范成大，范成大的诗我有时喜欢有时也不怎么佩服，倒是他援笔直书的记载真的让我想哭。

村落则以秃帚、若麻黠、竹枝辈，燃火炬，缚长竿之杪，以照田，烂然遍野，以祈丝谷。

怎样的夜，怎样的火炬，怎样的属于农业民族的一首祈祷诗！

腊月里，田是冷的，他们给他火。

半夜里，田是黑的，他们给他亮！

烂然照遍田野的，与其说是火炬，不如说是一双双灼然烨然期待的眼睛。

田地！当我们烛照你，我们也烛照了自己的心田，心是田，田是心，我们是彼此命脉之所系！

给我们丝，给我们谷——而我们，则给你从头到脚的每一寸力量每一分爱……

给我们丝，给我们谷，当火光温柔地舔着你，冷冷的腊月，残酷的空间都因这一舌火光而有情起来……

给我们丝，给我们谷，你这腊月冬残时一无所有，却又生机无限无所不有的田地。

给我们银子似的丝，给我们金子似的谷，我们的土地必须光灿夺目——像一阕梦一样夺目，像一注祷词一样丰富。

给我们丝，给我们谷，给我们可穿的丝，给我们可食的谷……

读着，读着，我会蓦然一惊，仿佛在宋朝的田埂上走着，在火炬的红光中喃喃自祷的人竟是我自己。

尔　雅

释诂、释言、释训、释亲、释宫、释器、释乐、释天、释地、释丘、释山、释水、释草、释木、释虫、释鱼、释鸟、释兽、释畜。

记不得上一次读《尔雅》是什么时候了，好像是大三那年，那时候修“训诂学”，大多数同学其实也只需要看笔记，我大概还算认真一点的，居然去买了一部《尔雅》来圈点。

圈《尔雅》真是累人的，《尔雅》根本是一部字典，好在很薄，我胡乱把它看完了。

许多年过去，忽然有一天我心血来潮地又买了一本《尔雅音图》来看，不是为学分，不是为一份年轻气盛的好强，仅仅出于一种说不出的眷恋。那一年，走进大三的教室，面对黑板做学生——而今，走进大三教室，背负着黑板做老师。时光飞逝，而《尔雅》仍是二千年前的《尔雅》。

一翻目录，已先自惊动了，一口气十九个释，我从前怎么就没看出这种美来，那时的天地是怎样有情，看得出那时代的人自负而快乐，天地山川，日月星辰，草木虫鱼，乃至最不可捉摸的音乐，最现实的牛棚马厩以及最复杂的亲属关系，以及全中国的语言文字，都无一不可了解，因此也就无一不可释义。读《尔雅》，只觉世界是如此简单壮丽，如此明白晓畅，如此婴儿似的清清楚楚一览无遗。仿佛那时代的人早晨一起床，世界便熟悉地向他走拢来，世界对他而言是一张每个答案都知道的考卷，他想不出有什么不心安的事。

……鲁有大野……楚有云梦……西南之美者有华山之金石焉……东方有比目鱼，不比不行……南方有比翼鸟焉……不比不飞……

前足皆白的马叫騱，后足皆白的叫翑……珪大尺二寸谓之玠，璧大六寸谓之宣……

总之，他们知道前脚或后脚白的马，他们知道所佩的玉怎么区分，他们甚至知道遥远的楚国有一片神秘的大沼泽，而最遥远的边区是神话——介于有与无之间，介于知与不可知之间——比目鱼在东方游着，比翼鸟在南方飞着……汉民族在其间成长着。

读《尔雅》，原来也是可以读得人眼热的！

一人泉

《明一统志》：一人泉在钟山高峰绝顶，仅容一勺，挹之不绝，实山之胜处也。

《福建通志》：在福建龙溪县东鹤鸣山，其泉仅供一人之吸，故名。

“一人泉”在南京和福建都有。

也许正像马鞍山、九曲桥，或者桃花溪、李家庄，是在大江南北什么地方都可能有的地名。

记得明信片上的罗马城，满街都是喷泉，他们硬是把横流的水扭成反弹向天的水晶柱，西方文明就有那么喧嚣光耀，不由人不目夺神移。

但在静夜我查书查到“一人泉”的时候，却觉得心上有一块什么小塞子很温柔地揭开了——不是满城喷泉。而是在某个绝高的峰顶上，一注小小的泉，像一颗心，只能容纳一个朝圣者，但每一次脉搏，涌出的是大地的血髓，千年万世，把一涓一滴的泉给了水勺。

脉脉涌动，挹之不绝，一注东方的泉。在龟山，在福建龙溪县的东鹤鸣山，以及在我心的绝峰上。

米　泉

白居易诗里有“米泉之精”的句子，“米泉”指的是酒。用“米泉”称酒，真的差不多有一种现代诗的美感了！

酿酒的应该是最神奇的魔术家，酿酒者真的在从事一种比炼金术还奇异的法术。

“米泉”那两个字用得太好，仿佛从米上凿了一眼泉，而酒，就欣然地涌跃出来，涌成甘醴。

有时候不必去读一首诗，单只读一个酒的绰号，已令人心驰。

笔　星

彗星，中国人也将之称为笔星。

“笔星”两字也的确诗意得紧。

设想在一张幽玄的大纸上，倏地有人挥上光灿的一笔，你惊惧四顾，笔已摧折，而那笔酣墨润的一笔已成绝响。怎么的笔，千年万世，蓄势而发，只待写下那一画！所有的光华，只爆作长夜中一弹指的灿烂。

夏夜的长空，我读那些一行行惊心动魄的绝笔。

地　气

对汉民族而言，地气是真的存在的。《续汉书》上这样记载：

候气之法。于密室中以木为案，置十二律琯，各如其方，实以葭灰，覆以缇縠，气至则一律飞灰。

我始终没有去做过那样的实验，对这种事情，我竟完全不疑古，我宁可承认土地有生命，它会呼吸，会吐纳，会在松松白白的雪毯下冬眠，而且会醒来，会长啸。并且相传会用它胸臆的一股气托住一只鸡蛋，使之不倾跌。时而会顽皮地飞腾而起，像一个吹蛋糕上蜡烛的孩子，他鼓满一口气，吹散葭灰——季节就在满室掌声中开始了！

做实验吗，当然不必，土地一定是有生命的，他负责把稻子往上托，把麦子往上送，他在玉蜀黍田里释放出千条绿龙，他蒸腾得桃树李树非花不可，催得瓜果非熟不可——世界上怎么可能没有地气！

想出"地气"那两个字的人，一定是一个诗人。

精致的聊天

此日足可惜
此酒不足尝
舍酒去相语
共分一日光

——韩愈

很喜欢韩愈的这首诗；如果翻成语体，应该是：

可珍惜的是今天这“日子”啊！
那淡薄的酒又有什么好喝的？
放下酒杯且来聊聊吧，
让我们一起分享这一目时光。

所以喜欢这首诗是因为自己也喜欢和朋友聊天，使生活芳醇酣畅的方法永远是聊天而不是饮酒，如果不能当面聊，至少可以在电话里聊，如果相隔太远长途电话太贵，则写信来聊。如果觉得文字不足，则善书者可书，善画者不妨画，善歌者则以之留贮在录音带里——总之，不管说话给人听或听别人说话，都是一桩万分快乐的事。

西语里又有“绿拇指”一词，指的是善于栽花莳草的人，其实也该有“绿耳人”与“绿舌人”吧？有的人竟是善于和植物互通消息互诉衷曲的呢！春天来的时候，听听樱花的主张，羊蹄甲的意见或者杜鹃的隽语吧！也说些话去撩撩酢浆草或小石斛兰吧！至于和苍苔拙石说话则要有点技巧才行，必须语语平淡，而另藏机锋。总之，能跟山对话，能跟水唱和，能跟万紫千红窃窃私语的人是幸福的。

其实最精致最恣纵的聊天应该是读书了，或清茶一盏邀来庄子，或花间置酒单挑李白。如果嫌古人渺远，则不妨与稍近代的辛稼轩曹雪芹同其歌哭，如果你向往更相近的跫音，便不妨拉住梁启超或胡适之来聒絮一番。如果你握一本《生活的艺术》，林语堂便是你谈笑风生的韵友，而执一卷《白玉苦瓜》，足以使余光中不能不向你披肝沥胆。尤其伟大的是你可以指定梁实秋教授做传译而和莎翁聊天。

生活里最快乐的事是聊天，而读书，是最精致的聊天。

杨贵妃和她的诗[①]

一、全唐两千两百个诗人中的一个

有一套书，叫“全唐诗”，共收了两千两百个诗人的作品，作品的数目多达四万八千首，装订成二十五册。

我深爱此书，所以买了三套，分别放在家里和研究室里，以便随时翻阅。

不过，奇怪的是，我最爱看的，往往不是大诗人如李白、杜甫的诗，而是些无名诗人的诗，他们虽只有一首诗或一句诗传世，但也往往有其特别的意义。

在这两千多个诗人中，有一位最美丽的诗人，她的名字是杨贵妃。杨贵妃是谁？如果去问一百个人，大概一百个人都会回答说，她是古典美人。其中也许有二十个会形容一下，说，她是丰腴的美人。至于能告诉你她死于马嵬坡的，大概只剩下十个了。

---

① 一个编舞的女子，看见一个年轻的舞者，舞者将编舞者的意念如汲泉一般涓涓引出，那舞姿如风，如荷，如垂腰探水的嫩柳……

根据鲁迅在《阿Q正传》里说的，中国男人本来都可希圣希贤的，不幸却常败在女人手里。所以，对杨贵妃，传统论述中正确的形容词应该是“祸国殃民的妖孽”。

真是这样吗?

文人雅士企图为她找到一点存在的意义，他们找到的大概是艳丽的容颜，受宠之际的得意，死后仍拥有圣上怀念的那份殊荣……至于那些更有想象力的，就把安禄山的开战原因归罪到三角恋情上去，杨贵妃成了异国姐弟恋的女主角了（其实，她几乎被写成母子恋了）。

可是，对我，一个千年后的女性读者而言，她是一个寂寞的女人。任何女人如果身在宫廷，大概都不能不寂寞吧?寂寞，因为她是一个玩偶，她是那么精致的玩偶，一千年以后挪威的易卜生写《玩偶之家》，不意竟把贵妃的一生一语道破了。

二、玄玉的不伦之恋

历代的男性文人，不管是陈鸿，是白居易，是白朴还是洪升（他们分别写下（《长恨歌传》《长恨歌》《梧桐雨》和《长生殿》)，都努力忽略史实，把唐玄宗和杨玉环写成一对恩爱情侣。

可是，对我而言，这真是一段“始乱”“终弃”的“不美丽的错误”。所谓始乱，指的是唐玄宗看上的是自己的儿媳妇，便从寿王李瑁身边抢了杨玉环，再借出家漂白一下，重新入宫。这种“不伦之恋”其罪恶的程度比巴里斯王子拐带美女海伦要严重得多了。“朋友妻，不可欺”，但更复杂的是“儿子妻，怎可欺”？

对于这种罪恶，古人有个“专用词”，叫“扒灰”（扒灰是个歇后语，爬在灰上则污膝，而污膝和污媳同音）。任何事情如果有“专用语”，大概都不算太少见。但发生在君王身上比较特别不可原谅，毕竟，他是拥有“后宫佳丽三千人”的男子啊！

当然，如果一定要我接受这份恋情，也可以，你必须让我相信，李隆基爱上了古往今来唯一令他相知相契的女子。没有这女子，他的生命顿失意义，他要跟这女子生同衾死同穴，我们姑且用坚贞深厚的爱情去宽贷违反伦常的失德。

三、唐明皇，不及格的情人

但麻烦的是，考验来了，美人死了，死于暴军。以当时情势言，皇上大约真的是救她不了啦！但即令如此，男人也绝无独自活下去的借口。李隆基如果不能保护这位比他年轻三十六岁的女子，照爱情法则来说，那么唯一的选择就是用身体挡住弩箭，成为美人的盾牌，让两人壮烈地死在一起。

虞姬死了，楚霸王却活着，那还成话吗？林黛玉死了，贾宝玉也注定非出家不可。《泰坦尼克号》电影中死掉的那一个当然必须是男孩莱昂纳多。

所以说，李隆基等于犯了两重罪，一是道德叛徒，二是爱情叛徒。

假如抛开这两件坏事不谈，一定要找出他的优点，我想，我可以欣赏一下他对音乐的品味，在《羯鼓录》中有这样的记载：

明皇尤爱羯鼓玉笛，云八音之领袖。时春雨始晴，帝曰："对此岂可不与他判断？"命羯鼓临轩纵击，曲名春光好。回顾柳杏皆已微坼，上曰："此一事不唤我作天公可乎？"

据载，这就是词牌《春光好》的来源。

故事中的杨玉环其实我们对她全然不知，只知道她是美人。至于她的谈吐，她的眉目，她的渴望，乃至她爱用的香料，我们一概无法想象。相较之下，汉代梁冀的妻子孙寿倒令我印象深刻，她虽是"美丽坏女人"，但她对美的品味却复绝千古，叫人神往。

四、一首诗中的情谊

对于杨玉环，如果我还知道她一点点癖性的话，那，应该就是她爱吃荔枝了。荔枝肥腴晶剔，有着热带水果的艳红、香馥和甜蜜，是天真小女孩最爱的果实吧？当然，也许那其间还饱含“出难题来考验情人”的喜悦。而荔枝，后来果真用传达战况一般的速度传到京城来了。

因为贵妃的数据是那么少，所以我在((全唐诗》中找到她仅有的一首诗，不免益觉宝贵。她的这首诗是赠给人的，这本不稀奇，古人写诗，几乎有一半是为朋友写的，但杨玉环的诗是写给谁的呢？是写给那老头子情人唐明皇吗？不是（同样的，唐明皇也没有诗留给贵妃）。是写给前任丈夫李瑁吗？也不是。原来她是写给一位宫女的，宫女的名字叫张云容，是贵妃的侍儿。这名字看来不像宫女的本名，可能是她的主人贵妃为她取的。灵感则可能从李白的诗句“云想衣裳花想容”得来。（贾宝玉不是也为他姓花的丫鬟取了个“袭人”这样诗意的名字吗？）

《全唐诗》里记录张云容在贵妃和明皇同去绣岭宫的时候也一起去了。绣岭宫即华清宫，用今人的话来说，就是他们去度假，去泡温泉，去SPA了。这种时候想来从人不多，能够一起去的人其身份和地位必然很特殊。换言之，杨贵妃是唐明皇所宠幸的，但杨贵妃也有她自己宠幸的人，便是张云容，杨贵妃的诗便是在华清宫度假时写来送她的。

贵妃因美貌而受宠，张云容因何而受宠呢？张云容善舞，她和杨贵妃的关系是“编舞人和舞者”。戏剧家（如洪升）可能把舞蹈的动作安到杨贵妃身上，以求戏剧化的效果。其实，姑不论贵妃的年龄和体态是否适合跳霓裳羽衣舞，就算适合，以娘娘之尊也未必去跳，能有个十几二十岁的年轻女子为她起舞，怎能不令她爱煞。

这样的旋转，这样的折腰，这样的飞腾，这样的趑趄进退，以及那些雪藕之臂或蝤蛴之颈，千灯齐燃的回眸或万艳同凋而哀婉落地的委屈……

年轻的肌肤，弹性的四肢，贵妃看张云容，如看自己从鸿蒙中唤回来的青春的幻象。

《全唐诗》中，这首诗是这样写的：

罗袖动香香不已
红蕖袅袅秋烟里
轻云岭上乍摇风
嫩柳池边初拂水

其中红蕖是红荷花的意思，袅袅通于袅袅。贵妃，这惯于被他人赞颂的美人，此刻，却在赞颂别人。从诗里，我们看不出张云容的五官面目，她想来不丑（否则很难入宫）。但似乎也并无绝世美貌，上帝的法则很少把几样好东西一股脑加在同一个人身上。

贵妃盛赞的是，张云容远观如轻烟中的红荷，近前来则衣袖中仿佛藏着一艘远方归航的香料船，香味倾泻而出。她又且是山顶上吹云的风，是池塘边嫩黄的新柳，明明自己还柔弱似丝，却偏偏敢去搅乱一池的水……

男女的情爱或者也有恩断义绝之时，社稷宗庙是女子永远打不倒的对手。但歌舞一事，自能留下人世凄绝美绝的一刹，果能拥有这一刹，尘寰种种，也就可以不争了。

大唐盛世，开元天宝，贪嗔痴狂，终不免弦寂管灭，魂断香销……唯贵妃娘娘留下的一首诗里有几分温煦：一个编舞的女子，看见一个年轻的舞者，舞者将编舞者的意念如汲泉一般涓涓引出，那舞姿如风，如荷，如垂腰探水的嫩柳……

“风”比“德”好

一个人如果为人不对，要改。如果道德有亏，要改。如果做事擘画不周详，要改。至于文学方面的事，如果在一回顾之间，发现了问题，当然也该改过，以求自新。

在文学史里颇有倚马七纸、援笔立就之人，此外如曹植七踱步而诗成，或温飞卿八叉手而篇定。这些，都是令人歆羡的快才，他们的文字别人欲易一字而不得。

但除了极少数的例子，其他的文人对自己的作品多半都是一遍遍修饰，一字字推敲，希望能找更好的词或更好的句构，把“事”或“情”说得更透辟一些，更晓畅一些。

改文章这件事，其主力当然是靠自己，但如果身边刚好有个够程度的朋友，可以出手指正，那真是幸何如之！下面先举二例：

欧阳修写了一篇《相州昼锦堂记》，是送给朋友韩琦的。韩琦本是相州人，此时又被委以节度使之官来治相州（相州在河南安阳，就是台北故宫那些甲骨文出土的地方），昼锦堂是指“不衣锦夜行”的意思，这其实是古代士人非常光明美好的梦之实践。一生一世，身为重臣，安邦定国，身荣名显，并且终于有了一点金钱，可以在自家后园的土地上加盖了一间屋子，题名叫昼锦堂，并且让它成为乡亲游憩的地方。他向欧阳修求一篇文章来记录这件事，欧阳修答应了。当时没有传真或电传，文章写好后必须付递。文章既行，欧阳修又后悔了，觉得有两个句子没写好，于是派快骑追回，重新改正才再送去。欧阳修那么急着改的是什么句子呢？原来是开头的两句，原文如下：

仕宦至将相，富贵归故乡。

这两句有什么好改的？它明白通畅，已算是好句，但如果看到改过的句子，便优劣立判了。后来的句子是：

仕宦而至将相，富贵而归故乡。

除了在声调上因加了一个仄声的虚字眼而显得神完气足之外，在意义上也有所不同了。如果用白话文来翻译，二句分别如下：

“做官拜了将相，富贵回到故乡。”

“做官，做着做着居然做到了将相的地位。回归故乡，而且是带着一身富贵来归的。”

相互一对照，便知道千里驰骥只为两字却不算白费的道理了。另一例是范仲淹写的《桐庐郡严先生祠堂记》，范仲淹当时身为桐庐太守，桐庐是钱塘江流域最美丽的景点，其地理环境足令天下文人心向往之，清人刘嗣绾的《自钱塘至桐庐舟中杂诗》颇能道尽其情：

一折青山一扇屏，
一湾碧水一条琴。
无声诗与有声画，
须在桐庐江上寻。

可是，令人神往的还不止是风景，更有严子陵“动星象，归江湖，得圣人之清，泥涂轩冕……”的罢官故事。在江边，至今有一块大石，据说是严子陵归隐以后常坐的钓矶，上面刻着苏东坡的“登云钓月”四个大字。

范仲淹既到了这种地方，便动手修了严氏祠堂，作为地方上的文化资产，用以传述一则美丽的千年流传的故事。当然，建筑物落成，照例会有一篇记（如《滕王阁序》或《岳阳楼记》），《严先生祠堂记》便是因此动笔的，而在文末，范仲淹加上了一首歌：

云山苍苍，
江水泱泱，
先生之德，
山高水长。

洪迈（宋）的《容斋随笔》中记载范氏以此文示友人南丰李泰伯：

伯读之，三叹味不已，起而言曰："公之文一出，必将名世，某妄意辄易一字，以成盛美。"公瞿然握手扣之，答曰："云山江水之语，于义甚大，于词甚溥，而'德'字承之，乃似趢趚（指小格局或局促，小步子），拟作'风'字如何？"公凝坐颔首，殆欲下拜。

如果范氏真下拜，也是值得的，一千年来，这句"先生之风"一直在读者心灵中鼓荡回旋，久而不止，真是"长风"几万里啊！"德"，像训导主任的道德训话，实行起来不免辛苦勉强。风，才是风格、风范、风仪、风度，是生命底层的美学，是长期修为以后的自然流露。在那篇文章的那一行里，如果出现的不是"风"字，还能是什么字呢？

“好的白话”的母亲

1

“文言？文言是什么呀？”

以上这个问题的答案，其实是看你在什么时代提出的。如果你是公元前四百年提出的，那么答案便是：

文言是《易经·十翼》里的一部。专来解释干、坤两卦，因为是赞明易道、申说义理，所以叫“文言”。它的作者据《史记》说，是孔子。

如果这问题是公元前二百年提出的，则其答案是：

这是韩非子讲的一句话，在《韩非子·说疑》中说“文言多，实行寡”。韩非子把言和行对立起来，认为说些好听的话却迟迟不肯付之实行，又有什么意思？

后来，“文言”又曾和“质言”互为相反词。质言指老老实实直话直说，文言指修饰过、精练过的语言。

当然，如果你是九十年前提出这问题，那么负责回答的人很可能是胡适之、陈独秀或钱玄同之类的人，他们的答案大致如下：

文言文是古人用的文体，写起来文绉绉的，和口语有些距离。我们现在打算来提倡跟口语接近的白话文。

2

不过，第二个问题来了，什么叫文言？什么叫白话呢？是“古人写的叫文言，今人写的叫白话”吗？是“看不懂的叫文言，看得懂的叫白话”吗？我们且看下面的例句：

床前明月光，疑是地上霜。

这是一千二百年前李白写的，却也明白易晓，它算白还算文？

千年寒铁铸成一身孤傲
剑身的冷是因为血的热

这是近人洛夫的《大寂之剑》，但它对中学生而言有那么好懂吗？白话一定浅俗吗？

至于李金发的《弃妇》则更难解：

弃妇之隐忧堆积在动作上
夕阳之火不能把时间之烦闷

化成灰烬，从烟突里飞去

长染在游鸦之羽

……

李诗当然引起一时骇异，但论者仍然给它“一家之言”的地位。

此外，如“乍可”“叵耐”“蹄子”“邹搜”“弟子孩儿”“魔合罗”（或作磨喝乐）、“哈喇”难道很好懂吗？它们却是某时某地流行的白话文哦！末两词又分别是印度和蒙古的外来语。

另举一例：

有自负为中国之虞哥、左喇、桂特、郝卜特曼、狄铿士、王尔德者乎？有不顾迂儒之毁誉，明目张胆以与十八妖魔宣战者乎？

这段文字你以为是文言文吗？哈，错了，它是陈独秀写的白话文（至少他自以为是），用以鼓吹白话，原来他说的白竟是这种白法。

五四倡议白话文的诸君中，他们所说的白话其实只是“浅文言”。

当时还有位钱玄同（古文字学者），他极力赞同胡适之的“不用典故”之说（胡氏本人倒不坚持）。有趣的是他一九一七年二月二十五日致胡适的附和信中也自打耳光，用了

“老妪能解”“公等碌碌”“不求甚解”“优孟衣冠”“不登大雅”诸典故。典故的厉害便在于你就算反它，却不知不觉还是用了它。

用文言文来反文言文，用满纸典故来反典故，五四诸君岂不荒谬到有趣?

3

可不可以我们这样说，即：

文学基本上是追寻通晓条畅的，是追寻与阅读者相知相感的。或由于作者个人风格而令人难解，或由于时代湮久而不易明白，就该有阐述者来解析，使文义还原。

文言文是遗产，遗产不该拒领，它能使白话文富赡奥美，而祛其俗病，大家都该来亲炙一下文言文。

饮啄篇

一饮一啄无不循天之功，因人之力，思之令人五内感激：至于一桌之上，含哺之恩，共箸之情，乡关之爱，泥土之亲，无不令人庄严——

白　柚

每年秋深的时候，我总要去买几只大白柚。

不知为什么，这件事年复一年地做着，后来竟变成一件慎重其事有如典仪一般的行为了。

大多数的人都只吃文旦，文旦是瘦小的，纤细的，柔和的，我嫌它甜得太软弱。我喜欢柚子，柚子长得极大，极重，不但圆，简直可以算做是扁的，好的柚瓣总是涨得太大，把瓣膜都能涨破了，真是不可思议。

吃柚子多半是在子夜时分，孩子睡了，我和丈夫在一盏灯下慢慢地剥开那芳香噀人的绿皮。柚瓣总是让我想到宇宙，想到彼此牵绊互相契合的万类万品。我们一瓣一瓣地吃完它，情绪上几乎有一种虔诚。

人间原是可以丰盈完整，相与相洽，像一只柚子。

当我老时，秋风冻合两肩的季节，你，仍偕我去市集上买一只白柚吗？灯下一圈柔黄，两头华发渐渐相对成两岸的芦苇，你仍与我共食一只美满丰盈的白柚吗？

面包出炉时刻

我最不能抗拒的食物，是谷类食物。

面包、烤饼、剔圆透亮的饭粒都使我忽然感到饥饿。现代人从某种意义上来说是“吃肉的一代”，但我很不光彩地坚持着喜欢面和饭。

有次，是下雨天，在乡下的山上看一个陌生人的葬仪，主礼人捧着一箩谷子，一边撒一边念，“福禄子孙——有喔——”忽然觉得眼眶发热，忽然觉得五谷真华丽，真完美，黍稷的馨香是可以上荐神明，下慰死者的。

是三十岁那年吧，有一天，我正慢慢地嚼着一口饭，忽然心中一惊，发现满口饭都是一粒一粒的种子。一想到种子立刻凛然敛容，不知道吃的是江南哪片水田里的稻种，不知道是经过几世几劫，假多少手流多少汗才到了台湾，也不知道它是来自嘉南平原还是遍野甘蔗被诗人形容甜如“一块方糖”的小城屏东。但不管这稻米是来自何处，我都感激，那里面有叨叨絮絮的深情切意，从唐虞上古直说到如今。

我也喜欢面包，非常喜欢。

面包店里总是涨溢着烘焙的香味，我有时不买什么也要进去闻闻。

冬天的下午如果碰上面包出炉时刻真是幸福，连街上的空气都一时喧哗哄动起来，大师傅捧着个黑铁盘子快步跑着，把烤得黄脆焦香的面包神话似的送到我们眼前。

我尤其喜欢那种粗大圆涨的麸皮面包，我有时竟会傻里傻气地买上一堆。传说里，道家修仙都要“辟谷”，我不要“辟谷”，我要做人，要闻它一辈子稻香麦香。

我有时弄不清楚我喜欢面包或者米饭的真正理由，我是爱那淡白质朴远超乎酸甜苦辣之上的无味之味吗？我是爱它那一直是穷人粮食的贫贱出身吗？我是迷上了那令我恍然如见先民的神圣肃穆的情感吗？或者，我只是爱那炊饭的锅子乍掀、烤炉初启的奇异喜悦呢？

我不知道，我只知道在这个杂乱的世纪能走尽长街，去伫立在一间面包店里等面包出炉的一刹那，是一件幸福的事。

球与煮饭

我每想到那个故事，心里就有点酸恻，有点欢忭，有点惆怅无奈，却又无限踏实。

那其实不是一则故事，那是报尾的一段小新闻，主角是王贞治的妻子，那阵子王贞治正是热门，他的全垒打眼见要赶到美国某球员的前面去了。

他果真赶过去了，全日本守在电视机前的观众疯了！他的两个孩子当然更疯了！

事后照例有记者去采访，要王贞治的妻子发表感想——记者真奇怪，他们老是假定别人一脑子都是感想。

“我当时正在厨房里烧菜——听到小孩大叫，才知道的。”

不知道那是她生平的第几次烹调，孩子看完球是要吃饭的，丈夫打完球也是得侍候的，她日复一日守着厨房——没人来为她数记录，连她自己也没数过。世界上好像没有女人为自己的一日三餐数算记录。一个女人如果熬到五十年金婚，她会烧五万四千多顿饭，那真是疯狂，女人硬是把小小的厨房用馨香的火祭供成了庙宇了。她自己是终身以之的祭司，比任何僧侣都虔诚，一日三举火，风雨寒暑不断，那里面一定有些什么执着，一定有些什么令人落泪的温柔。

让全世界去为那一棒疯狂，对一个终身执棒的人而言，每一棒全垒打和另一棒全垒打其实都一样，都一样是一次完美的成就，但也都一样可以是一种身清气闲不着意的、有如呼吸一般既神圣又自如的一击。东方哲学里一切的好都是一种“常”态，“常”字真好，有一种天长地久无垠无限的大气魄。

那一天，全日本也许只有两个人没有守在电视机前，只有两个人没有盯着记录牌看，只有两个人没有发疯，那是王贞治的妻子和王贞治自己。

香　椿

香椿芽刚冒上来的时候，是暗红色，仿佛可以看见一股地液喷上来，把每片嫩叶都充了血。

每次回屏东娘家，我总要摘一大抱香椿芽回来。孩子们都不在家，老爸老妈坐对四棵前后院的香椿，当然是来不及吃的。

记忆里妈妈不种什么树，七个孩子已经够排成一列树栽子了，她总是说“都发了人了，就发不了树啦！”可是现在，大家都走了，爸妈倒是弄了前前后后满庭的花，满庭的树。

我踮起脚来，摘那最高的尖芽。

不知为什么，椿树在传统文学里被看作一种象征父亲的树。对我而言，椿树是父亲，椿树也是母亲，而我是站在树下摘树芽的小孩。那样坦然地摘着，那样心安理得地摘，仿佛做一棵香椿树就该给出这些嫩芽似的。

年复一年我摘取，年复一年，那棵树给予。

我的手指已习惯于接触那柔软潮湿的初生叶子的感觉，那种攀摘令人惊讶浩叹，那不胜柔弱的嫩芽上竟仍把得出大地的脉动，所有的树都是大地单向而流的血管，而香椿芽，是大地最细致的微血管。

我把主干拉弯，那树忍着，我把支干扯低，那树忍着，我把树芽采下，那树默无一语。我撇下树回头走了，那树在伤痕上自己努力结了疤，并且再长新芽，以供我下次攀摘。

我把树芽带回台北，放在冰箱里，不时取出几枝，切碎，和蛋，炒得喷香的，放在餐桌上，我的丈夫和孩子争着嚷说炒得太少了。

我把香椿夹进嘴里，急急地品味那奇异的芳烈的气味，世界仿佛一霎时凝止下来，浮士德在魔鬼给予的种种尘世欢乐之后仍然迟迟说不出口的那句话，我觉得我是能说的：

“太完美了，让时间在这一瞬间停止吧！”

不纯是为了那树芽的美味，而是为了那背后种种因缘，岛上最南端的小城，城里的老宅，老宅的故园，园中的树，象征父亲也象征母亲的树。

万物于人原来是可以如此亲和的。吃，原来也可以像宗教一般庄严肃穆的。

韭菜合子

我有时绕路跑到信义路四段，专为买几个韭菜合子。

我不喜欢油炸的那种，我喜欢干炕的。买韭菜合子的时候，心情照例是开朗的，即使排队等也觉高兴——因为毕竟证明吾道不孤，有那么多人喜欢它！我喜欢看那两个人合作无间地一个擀，一个炕，那种美好的搭配间仿佛有一种韵律似的。那种和谐不下于钟跟鼓的完美互足，或日跟夜的循环交替。

我其实并不喜欢韭菜的冲味，但却仍旧去买——只因为喜欢买，喜欢看热烫鼓腹的合子被一把长铁叉翻取出来的刹那。

我又喜欢“合子”那两个字，一切“有容”的食物都令我觉得神秘有趣，像包子、饺子、春卷，都各自含容着一个奇异的小世界，像宇宙包容着银河，一只合子也包容着一片小小的乾坤。

合子是北方的食物，一口咬下仿佛能咀嚼整个河套平原，那些麦田，那些杂粮，那些硬茧的手！那些一场骤雨乍过在后院里新剪的春韭。

我爱这种食物。

有一次，我找到漳州街，去买山东煎饼（一种杂粮混制的极薄的饼），但去晚了，房子拆了，我惆怅地站在路边，看那跋扈的大厦傲然地在搭钢筋，我不知到哪里去找那失落的饼。

而韭菜合子侥幸还在满街贩卖。

我是去买一样吃食吗？抑是去找寻一截可以摸可以嚼的乡愁？

瓜　子

丈夫喜欢瓜子，我渐渐也喜欢上了，老远地跑到西宁南路去买，只为他们在封套上印着“徐州”两个字。徐州是我没有去过的故乡。

人是一种麻烦的生物。

我们原来不必有一片屋顶的，可是我们要。

屋顶之外原来不必有四壁的，可是我们要。

四壁之间又为什么非有一盏秋香绿的灯呢？灯下又为什么非有一张桌子呢？桌子上摆完了三餐又为什么偏要一壶茶呢？茶边凭什么非要一碟瓜子不可呢？

可是，我们要，因为我们是人。我们要属于自己的安排。

欲求，也可以是正大光明的，也可以是“此心可质天地”的。偶尔，夜深时，我们各自看着书或看着报，各自嗑着瓜子，有一搭没一搭地聊着，上一句也许是愁烦小女儿不知从哪里搞来一只猫，偷偷放在阳台上养，中间一句也许是谈一个二十年前老友的婚姻，而下面一句也许忽然想到组团到美国演出还差多少经费。

我们说着话，瓜子壳渐渐堆成一座山。

许多事，许多情，许多说了的和没说的全在嗑瓜子的时刻完成。

孩子们也爱瓜子，可是不会嗑，我们把嗑好的白白的瓜子仁放在他们白白的小手上，他们总是一口吃了，回过头来说：“还要！”

我们笑着把他们支走了。

嗑瓜子对我来说是过年的项目之一。小时候，听大人说："有钱天天过年，没钱天天过关。"

而嗑瓜子让我有天天过年的错觉。

事实上，哪一夜不是除夕呢？每一夜，我们都要告别前身，每一黎明，我们都要面对更新的自己。

今夜，我们要不要一壶对坐，就着一灯一桌共一盘瓜子，说一兜说不完的话？

蚵仔面线

我带小女儿从永康街走过，两侧是饼香葱香以及烤鸡腿烤玉米烤番薯的香。

走过"米苔目"和肉粽的摊子，我带她在一锅蚵仔面线前站住。

"要不要吃一碗？"

她惊奇地看着那黏糊糊的线面，同意了，我给她叫了一碗，自己站在旁边看她吃。

她吃完一碗说：

"太好吃了，我还要一碗！"

我又给她叫一碗。

以后，她变成了蚵仔面线迷，又以后，不知怎么演变的，家里竟走出了一个法定的蚵仔面线日，规定每星期二一定要带他们吃一次，作为消夜。这件事原来也没有认真，但直到有一天，因为有事不能带他们去，小女儿竟委屈地躲在床上偷哭，我们才发现事情原来比我们想象的要顶真。

那以后，到了星期二，即使是下雨，我们也只得去端一锅回来。不下雨的时候，我们便手拉手地去那摊边坐下，一边吃，一边看满街流动的彩色和声音。

一碗蚵仔面线里，有我们对这块土地的爱。

一个湖南人，一个江苏人，在这个岛上相遇，相爱，生了一儿一女，四个人坐在街缘的摊子上，摊子在永康街（多么好听的一条街）。而台北的街市总让我又悲又喜，环着永康的是连云，是临沂，是丽水，是青田（出产多么好的石头的地方啊！）而稍远的地方有属于孩子妈妈原籍的那条铜山街，更远一点，有属于孩子父亲的长沙街，我出生的地方叫金华，金华如今是一条街，我住过的地方是重庆、南京和柳州，重庆、南京和柳州也各是一条路。临别那块大陆是在广州，一到广州街总使我黯然。下船的地方是基隆，奇怪，连基隆也有一条路。

台北的路伸出纵横的手臂抱住中国的版图，而台北却又不失其为台北。

只是吃一碗蚵仔面线，只是在小小窄窄的永康街，却有我们和我们儿女对这块土地无限的爱。

种种有情

有时候，我到水饺店去，饺子端上来的时候，我总是怔怔地望着那一个个透明饱满的形体，北方人叫它“冒气的元宝”，其实它比冷硬的元宝好多了，饺子自身是一个完美的世界，一张薄茧，包覆着简单而又丰盈的美味。

我特别喜欢看的，是捏合饺子边皮留下的指纹。世界如此冷漠，天地和文明可能在一刹那之间化为炭劫，但无论如何，当我坐在桌前，上面摆着的某个人亲手捏合的饺子，热雾腾腾中，指纹美如古陶器上的雕痕，吃饺子简直可以因而神圣起来。

“手泽”为什么一定要拿来形容书法呢？一切完美的留痕，甚至饺皮上的指纹不都是美丽的手泽吗？我忽然感到万物的有情。

巷口一家饺子馆的招牌是“正宗川味山东饺子馆”，也许是一个四川人和一个山东人合开的，我喜欢那招牌，觉得简直可以画入《清明上河图》。那上面还有电话号码，前面注着TEL，算是有了三个英文字母，至于号码本身，写的当然是阿拉伯文，一个小招牌，能涵容了四川、山东、中文、阿拉伯（数）字、英文，不能不说是一种可爱。

校车反正是每天都要坐的，而坐车看书也是每天例有的习惯。有一天，车过中山北路，劈头栽下一片叶子，竟把手里的宋诗打得有了声音，多么令人惊异的断句法。

原来是通风窗里掉下来的，也不知是刚刚新落的叶子，还是某棵树上的树子在某时候某地方，偶然憩在偶过的车顶上，此刻又偶然掉下来的。我把叶子揉碎，它是早死了，在此刻，它的芳香在我的两掌复活，我扎开微绿的指尖，竟恍惚自觉是一棵初生的树，并且刚抽出两片新芽，碧绿而芬芳，温暖而多血，镂饰着奇异的脉络和纹路，一叶在左，一叶在右，我是庄严地合着掌的一截新芽。

二年前的夏天，我们到堪萨斯去看朱和他的全家——标准的神仙眷属，博士的先生，硕士的妻子，数目“恰恰好”的孩子，可靠的年薪，高尚住宅区里的房子，房子前的草坪，草坪外的绿树，绿树外的蓝天……

临行，打算合照一张，我四下浏览，无心地说：

“啊，就在你们这棵柳树下面照好不好？”

“我们的柳树？”朱忽然回过头来，正色地说，“什么叫我们的柳树？我们反正是随时可以走的！我随时可以让它不是

‘我们的柳树’。”

一年以后，他和全家都回来了，不知堪萨斯城的那棵树如今属于谁——但朱属于这块土地，他的门前不再有柳树了，他只能把自己栽成这块土地上的一片绿意。

春天，中山北路的红砖道上有人手拿着用粗绒线做的长腿怪鸟在兜卖，风吹着鸟的瘦胫，飘飘然好像真会走路的样子。

有些外国人忍不住停下来买一只。

忽然，有个中国女人停了下来，她不顶年轻，大概三十左右，一看就知是由于精明干练日子过得很忙碌的女人。

“这东西很好，”她抓住小贩，“一定要外销，一定赚钱，你到 ×× 路 ×× 巷 × 号二楼上去，一进门有个 × 小姐，你去找她，她一定会想办法给你弄外销！”

然后她又回头重复了一次地址，才放心走开。

台湾怎能不富？连路上不相干的路人也会指点别人怎么做外销。其实，那种东西厂商也许早就做外销了，但那女人的热心，真是可爱得紧。

暑假里到中部乡下去，弯入一个叉道，在一棵大榕树底下看到一个身架特别小的孩子，把几根绳索吊在大树上，他自己站在一张小板凳上，结着简单的结，要把那几根绳索编成一个网花盆的吊篮。

他的母亲对着他坐在大门口，一边照顾着杂货店，一边也编着美丽的结，蝉声满树，我停下来搭讪着和那妇人说话，问她卖不卖，她告诉我不能卖，因为厂方签好契约是要外销的。带路的当地朋友说他们全是不露声色的财主。

我想起那年在美国逛梅西公司，问柜台小姐那架录音机是不是台湾做的，她回了一句：

“当然，反正什么都是从日本跟台湾来的。”

我一直怀念那条乡下无名的小路，路旁那一对富足的母子，以及他们怎样在满地绿荫里相对坐编那织满了蝉声的吊篮。

我习惯请一位姓赖的油漆工人，他是客家人，哥哥做木工，一家人彼此生意都有照顾。有一年我打电话找他们，居然不在，因为到关岛去做工程了。

过了一年才回来。

“你们也是要三年出师吧。”有一次我没话找话跟他们闲聊。

“不用，现在两年就行。”

“怎么短了？”

“当然，现代人比较聪明！”

听他说得一本正经，顿时对人类前途都觉得乐观了起来，现代的学徒不用生炉子，不用倒马桶，不用替老板娘抱孩子，当然两年就行了。

我一直记得他们一口咬定现代人比较聪明时脸上那份有尊严的笑容。

老王是一个包工头，圆滚滚的身材加上圆头圆脸圆眼睛——甚至还有个圆鼻子。

可是我一直觉得他简直诗意得厉害。

一张估价单，他也要用毛笔写，还喜欢盯着人问："怎么？这笔字不顶难看吧？"

碰到承包大工程，他就要一个人躲到乌来去，在青山绿水之间仔细推敲工和料的盈亏。

有一次，偶然闲谈，他兴高采烈地提到他在某某地方做过工程。那是一个军事单位。

"有人说那里有核子弹，你看到没有？"

"当然有！"

"有，又怎么会让你看见？"我笑了起来。

"老实说，我也没看见，"他也笑了起来，不过仍是理直气壮的，"不过，有，我也说有，没有，我也说有，反正我就是硬要说它有。我们做老百姓的就是这样。"

有没有核子弹忽然变得不重要，有老王这样的人才是件可爱的事。

学校下面是一所大医院，黄昏的时候，病人出来散步，有些探病的人也三三两两地散步。

那天，我在山径上便遇见了几个这样的人。

习惯上，我喜欢走慢些去偷听别人说话。

其中有一个人，抱怨钱不经用，抱怨着抱怨着，像所有的中老年人一样，话题忽然就回到四十年前一块钱能买几百个鸡蛋的老故事上去了。

忽然，有一个人憋不住地叫了起来：

“你知道吗，抗战前，我念初中，有一次在街上捡到一张钱，哎呀，后来我等了一个礼拜天，拿着那张钱进城去，又吃了馆子，又吃了冰激凌，又买了球鞋，又买了字典，又看了电影，哎呀，钱居然还没有花完呐……”

山径渐高，黄昏渐冷。

我驻下脚，看他们渐渐走远，不知为什么，心中涌满了对黄昏时分霜鬓的陌生客的关爱，四十年前的一个小男孩，曾被突来的好运弄得多么愉快，四十年后山径上薄凉的黄昏，他仍然不能忘记……不知为什么，我忽然觉得那人只是一个小男孩，如果可能，我愿意自己是那掉钱的人，让人世中平白多出一段传奇故事……

无论如何，能去细味另一个人的惆怅也是一件好事吧。

元旦的清晨，天气异样的好，不是风和日丽的那种好，是清朗见底毫无渣滓的一种澄澈。我坐在出租车上赶赴一个会，路遇红灯时，车龙全停了下来，我无聊地探头窗外，只见两个年轻人骑着机车，其中一个说了几句话，忽然兴奋地大叫起来：“真是个好主意啊！”我不知他们想出了什么好主意，但看他们阳光下无邪的笑脸，也忍不住跟着高兴起来，不知道他们的主意是什么主意，但能在偶然的红灯前遇见一个以前没见过以后也不会见到的人真是一个奇异的机缘。他们的脸我是记不住的，但那不重要，重要的是我记得他们石破天惊的欢呼，他们或许去郊游，或许去野餐，或许去访问一个美丽的笑靥如花的女孩，他们有没有得到他们预期的喜悦，我不知道，但至少我得到了，我惊喜于我能分享一个陌路的未曾成形的喜悦。

有一次，路过香港，有事要和乔宏的太太联络，习惯上我喜欢凌晨或午夜打电话——因为那时候忙碌的人才可能在家。

“你是早起的还是晚睡的？”

她愣了一下。

“我是既早起又晚睡的，孩子要上学，所以要早起，丈夫要拍戏，所以要晚睡——随你多早多晚打来都行。”

这次轮到我愣了，她真厉害，可是厉害的不止她一个人。其实，所有为人妻为人母的大概都有这份本事——只是她们看起来又那样平凡，平凡得自己都弄不懂自己竟有那么大的本领。

女人，真是一种奇怪的人，她可以没有籍贯、没有职业，甚至没有名字地跟着丈夫活着，她什么都给了人，她年老的时候拿不到一文退休金，但她却活得那么劲头，她可以早起可以晚睡，可以吃得极少，可以永无休假地做下去。她一辈子并不清楚自己是在付出还是在拥有。

资深主妇真是一种既可爱又可敬的角色。

文艺会谈结束的那天中午，我因为要赶回宿舍找东西，午餐会上迟到了三分钟，慌慌张张地钻进餐厅，席次都坐好了，大家已经开始吃了，忽然有人招呼我过去坐，那里刚好空着一个座位，我不加考虑地就走过去了。

等走到面前，我才呆了，那是谢东闵主席右首的位置，刚才显然是由于大家谦虚而变成了空位，此刻却变成了我这个冒失鬼的位子，我浑身不自在起来，跟“大官”一起总是件令人手足无措的事。

忽然，谢主席转过头来向我道歉：

“我该给你夹菜的，可是，你看，我的右手不方便，真对不起，不能替你服务了。你自己要多吃点。”

我一时傻眼望着他，以及他的手，不知该说什么。那只伤痕犹在的手忽然美丽起来，炸得掉的是手指，炸不掉的是一个人的风格和气度。我拼命忍住眼泪，我知道，此刻，我不是坐在一个“大官”旁边，而是一个温煦的“人”的旁边。

经过火车站的时候，我总忍不住要去看留言牌。

那些粉笔字不知道铁路局允许它保留半天或一天，它们不是宣纸上的书法，不是金石上的篆刻，不是小笺上的墨痕，它们注定立刻便要消逝——但它们存在的时候，它是多好的一根丝绦，就那样绾住了人间种种的牵牵绊绊。

我竟把那些句子抄了下来：

缎：久候未遇，已返，请来龙泉见。

春花：等你不见，我走了（我二点再来）。荣。

展：我与姨妈往内埔姐家，晚上九时不来等你。

每次看到那样的字总觉得好，觉得那些不遇、焦灼、愚痴中也自有一份可爱。一份人间的必要的温度。

还有一个人，也不署名，也没称谓，只扎手扎脚地写了“吾走矣”三个大字，板黑字白，气势好像要突破挂板飞去的样子。也不知道究竟是写给某一个人看的，还是写给过往来客的一句诗偈，总之，令人看得心头一震！

《红楼梦》里麻鞋鹑衣的疯道人可以一路唱着《好了歌》，告诉世人万般“好”都是因为“了断”尘缘，但为什么要了断呢？每次我望着大小驿站中的留言牌，总觉万般的好都是因为不了不断，不能割舍而来的。

天地也无非是风雨中的一座驿亭，人生也无非是种种羁心绊意的事和情，能题诗在壁总是好的！

食　堂

有一次，朋友们群聚并“各言尔志”，其中有一位说的我至今记得。他说：“要是我有钱，我想开一家‘食堂’，不是‘餐厅’，就是那种简单的可以吃饭的食堂。”

他说时，眼底流动着施舍者的大度与祥和，世间果有神明，也要为这一刹那表情震颤。

事隔四年，我有一天在南部某医院的饮食部用餐，觉得这情境和那位朋友说的很接近，不禁呆了。

来客多是老人，他们来吃饭，动机很简单——就是为吃饭，不为应酬，不为交谊，就只为肚子饿了，要吃饭。他们和食物之间因而有一种单纯干净的关系，这种简单明了的吃饭动作不知为什么令我感动，这动作神圣庄严有如亘古以来的宗教仪式。

来人衣着都简单朴实，他们的面容肃穆清寂。那样的面容仿佛让人以为他们刚从什么灾劫危厄中走出来。什么灾？也许是水涝，也许是苦旱，谁知道呢？五千年那么长，什么灾没发生过？他们身上有种“一无所有”的气质（其实，也许他们已薄有资财），而因为“一无所有”，面前守着的那一碗饭一盘菜也就益发成为此刻生命中的“唯一”。

天地间这唯一的一人，守着那唯一的饭菜，寂然垂目，默然咀嚼，真有宇宙洪荒的节奏。

——而因为有了年纪，他们咀嚼的动作也比较和缓，上下颚之间不像“司机餐厅”里可以看见的那种年轻人大开大阖，滋咂有声的嚼法。他们像蚕，不带表情，也没有太大的声音。他们吃饭仿佛也在尽某种神圣天职，所以面目凝重。只是仔细看去，却也不乏执行业务者那种暗暗的怡悦和自庄。

餐厅中除了老人，看来还有些是母亲孩子的组合，奇怪的是他们也不怎么说话，可是当你看到母亲夹起一块鱼腹肉放在孩子饭上的时候，又觉得语言其实也满多余的。

有人猛加一勺酱油，有人狠舀一匙辣椒，有人耐心在汤里打捞豆腐……小小的无伤的贪婪，不知为什么让我想起“众生”那两个字。

能办一所食堂想必是很有意思的事，真的。

希望我那位朋友的美梦成真，毕竟办一所好食堂比开张一间豪华法式餐厅更有道理。

“冬来好酒酿几坛？”

1

“冬来好酒酿几坛？”

以上，是个问句，但，是谁在问谁？

也许该是农夫问农妇？或是老农问儿子，那刚接手的青壮农。

或者是爱饮酒的诗人陶渊明问的？（陶渊明写过了不少饮酒诗，奇怪的是他从来没写过酿酒诗，可见也是一个懒汉）

当然，也许是沽酒铺的老板娘问老板的？

以上的假设都可以成立，且都可以算作是一个美丽的问题。试想，秋天收了高粱或糯米（或目前正红的“小米酒”的原料小水），到了冬天，一切农忙都歇下来，天气初寒，正是酿谷类酒的好季节，于是家人商量，今冬该酿几坛美酒？酒以成礼，明年春社日祭祀的时候，我们家也要有拿得出手的酒吧？酿它几坛好呢？

2

不过这样美丽的问题如果换了个情境，其实就有点可怜了。

设若这是老百姓问的，设若问话的地点在遥远的马祖。

“请问长官，我们这一家一户可被允许酿多少酒？”

答案简单明了：

“一家一百公升。”

官员想说而未说出的话是：

“嘿！嘿！法有明文规定，你干吗来烦我，这法又不是我定的，早就白纸黑字写在那里。一家一百公升，酿多了，你们拿去卖，烟酒公卖局吃什么呀？”

在当今台澎金马的版域里，我认为马祖是最醇美的酒之故乡，虽然埔里绍兴也十分驰名，金门高粱也脍炙人口。

身为一个“政府”，还要与平民争酒钱，也太小家子气了。如果要限制，限制大资本家设大厂，用工业方法制酒，尚有道理来限。至于一般的民宿主人，亲手酿几坛好酒来待远客是多么诗意的经营啊！怎么忍心扼止？

我不好酒，但旅行天下，总觉附带品一口酒是很必要的。例如加拿大的冰酒，桂林的三花酒，张掖的皇台酒，四川的五粮液，日本的加冰清酒，或金门的大曲。还有那些喝不到的，例如苏东坡在海南岛喝的土著椰子酒，或黄庭坚喝的橘子酒也都令人格外神往。至于虚构之酒，如贾宝玉在梦中喝的“千红一窟，万艳同杯”看来应是花果酒，令人尤不胜魂思梦想。

但马祖之酒却是可以触及的美梦，可以含在口中的真实幸福，商家给它取名叫“酒中酒”，其酒甘醇浑厚，朴实无华，保持着田家风味。目前的“主酿人”多是老妈妈。我认为此类“酿酒人”其实是“国宝级酿酒人”，他们的身份跟诗人类似，他们生产的东西都是神品，都是造化天工。这种酿酒人我们的主政者应该哭着爬着拜着，求他们多酿几坛好酒才对，怎可限制他们呢？酿好酒的手法一旦失传，我们的损失比少掉一个邦交国要严重多啦！

李白那人酷酷的，杜甫很记挂他，常写诗来念他，可是李白却并不怎么想念杜甫。终于，这人好不容易总算写了一首诗给妻子（他的妻子其实也是大有来头之人），也不肯好好写成一首情诗，只嘲笑她嫁了个酒鬼。

可是，就是这样的李白，居然还写了一首诗给纪叟，那姓纪的老头何德何能可得到李白一整首诗？原来那诗的题目叫《哭宣城善酿纪叟》，内容如下：

纪叟黄泉里，
还应酿老春。（老春指酒）

夜台无晓日，（夜台指墓穴）

沽酒与何人？

原来善于酿酒的师傅是如此令人怀念啊！

而我们的政府却叫善酿者少酿点酒，实在是不通之极啊！

有人说马祖多美女（特别是东引岛），可能是和马祖古来常为海盗驻扎地有关。海盗抢了女子来，多半抢美丽的，这些美女的后代自然也就是美女了，至于美酒是不是也是海盗文化的一部分，就不得而知了。

世上的美酒之乡，大概都在农业区，该处或产葡萄或产高粱，总之，你必须有物可酿，就算汉人看来奇怪的马奶酒，你也必须先养起大群马匹。可是，马祖什么都没有，马祖是个军事基地，马祖并不产糯米，所以只好靠台湾糯米。马祖在酒世界里唯一可以自豪的大概就是他们祖传的好手艺加上好酒曲了。当然，冷冽干爽的天气也帮了大忙，那是老天的恩惠。

这样的美酒之岛，一家子该酿多少酒呢？这种问题与其去问法律条文不如去问诗人，中国自古以来就流行一句“有诗为证”的话，我于是静下心来翻读唐诗和宋诗。

为酒说话的诗当然极多，我挑了其中的三首，第一首是晚唐温庭筠的《醉歌》，其中二句是：

锦袍公子陈杯觞，

拨醅百瓮春酒香。

（“拨醅”也写作“酸醅”或“泼醅”，这种酒其实就是马祖之酒，此事以后再讨论。）

第二首是宋代诗人郑侠（一〇四一——一一一九）的《示潮州妹子》，所以选他，有三个原因（其实有关酒的诗，陆游写得更多，也更好）。第一，他虽祖籍是河南，后来入了闽，就变成福清（福州）人了，他跟台湾或马祖岛的关系就多了一重。第二，他家老妹嫁到潮州去，潮州是许多台湾客家人的祖籍，此人跟台湾的因缘就更多了。郑侠的妹妹想来是个酿酒好手，老哥便厚着脸面去赖皮跟妹妹讨酒喝，那首七律的末两句是这样的：

美酒年年须百瓮，
好从南海便乘船。

听来好笑，这位哥哥不单指名要酒，而且还要上一百瓮，而且预约以后年年都要，而且还指定从南海乘船的路线，来个“宅急便”。

第三首是一首由五代而宋代的李涛所写的《春社日寄李学士》（奇怪啊，宋朝刚好也有叫李涛的，而且还一前一后有两个）。“春社日”要解释一下，社日是指土地神的祭祀日，一年中春有春社，秋有秋社，春社是指立春以后第五个戊日，秋社则指立秋以后第五个戊日。春社一般约在阳历三月底。李涛的诗句如下：

社翁今日没心情，
为乞治聋酒一瓶。

社翁是李涛的字号，“治聋酒”是个有趣的传说，相传如果喝了社日的酒就能治耳聋之病，想来是些爱喝酒的糟老头子想出来的谬说，而李涛给朋友写诗抱怨，意思是说：

老朋友啊！你身为翰林学士，有按月发给你的内库酒，怎么不分一瓶给我啊！（既可转手赠人一瓶，可见李学士得到的酒不少）听说社日饮春酒，可以治疗耳聋，老夫我急着喝它几盅呢，一时等不到，害得我的心情都好坏喔！

从诗人看来，好酒是该酿他一百坛的。

一百坛，勉强合乎美酒之公理。

而马祖岛奉命只准酿一百公升，这跟实际需要简直相差百倍，我忍不住要为善酿的马祖“酒国达人”请命。

让善结佳果的荔枝树想结几公斤就结几公斤吧！

让善于吟咏的诗人想写几首诗就写几首诗吧！

而绝色的女子要犯几次美丽的错误岂不该由她自便！（哈！这一句是限制级，七十岁以下的美女请不要看，看了倾人之国或倾人之城，或害人辞职谢罪，岂不天下大乱！好在于人口结构中，美女这种“变种人类”久久才出现一尊。）

让绝妙的酿酒人能酿几坛便酿几坛吧！

写在二〇〇九年，清明之后，谷雨之前

正是该好好喝春酒的日子

“就是茶”

食堂其实只是个寻常的食堂，可是它临江。光这一点就不得了，浩浩大江仿佛伴奏乐队，在窗外伺候。更令人肃然的是，这江叫富春江，是元代黄公望曾以之入画，是汉代严子陵曾在岩滩上持竿垂钓的所在，是两千年来中国读书人一心向往的隐逸梦乡。

菜也做得清爽甘鲜。饭后，食堂中的女子端上茶来。茶味醇正端方。

“这茶，叫什么名字？”我问女子。

“这个，就是茶呀！”她也认真回答，声音轻柔利落。

此地近杭州，我在杭州城里刚订下一斤“雨前”，但这里的茶显然和我更投缘，味似包种而厚。

“我知道它是茶，可是，茶也有个名字，譬如说‘龙井’啦、‘白毫’啦，这茶叫什么名字呢？”

“啊，你说的那是城里，我们这里的茶没有名字，茶就是茶。”

我放弃了，我只好同意她，这茶没有名字，它简简单单，它就是茶。

我不是什么茶仙茶精之流的人，但也尝过不少茶：像泰北的榴梿茶、英国人爱喝的苹果茶、粤人独钟的荔枝红、竹篓包装的六安茶、闽人的铁观音或道取中庸的“东方美人”、恒春那略带海风气息的“港口茶”……我甚至还应乌来一家茶肆之请替新茶命名，叫“一抹绿”。

可是，在浙江省富阳县，这美丽的小地方，作家郁达夫的故里，那乡下女子却说这茶“就是茶”，我喜欢她这句话里的禅意，仿佛宇宙洪荒，大地初醒，那时男人就叫男人，女人就叫女人，茶就叫茶。

在世间诸茶之中，我会常记得我曾喝过一盏茶，那盏没有名字的“就是茶”。

熊白，我没有吃过的美味

人跟饮食之间的关系，除了“吃下”它之外，还有“叙述”。熊猫吃完了竹子之后就去睡了，鲨鱼吞下沙丁鱼之后也悠然游开，不会有哪一只家伙想到要来记录。只有奇怪的曹雪芹要去记下一则“茄鲞”，害得众红楼迷颠颠倒倒二百年，也真是太奇怪了。

但这种记录也划分三种，其一恰如某首流行歌曲的名字——《往事只能回味》，写的是我们生命史中湮远的记忆。四十年前唐鲁孙之类的作者写的便是北京美食之回顾。其二是当下此际，那便是街头巷尾的美食快讯，近乎“情报”，经人一说，立刻可以手到擒来，诗人焦桐做的饮食杂志便是这种。但对我而言，却有另一种美食，这种美食我此时此刻吃不到，从前也没吃过，以后，亦不会有机会吃，因此也就格外魂牵梦绕，情肠九回。

这种食物极多，严格说来《红楼梦》中那道“茄鲞”就是做不成的，因为今天这个时代，你是取不到“野鸡爪子”的。而我好奇又神往的食物叫“熊白”，此二者都取材于保育类动物，所以有钱也吃不到。“熊白”说穿了就是熊背上的白白的脂肪，宋代有本叫《埤雅》的书里记载：

熊山居冬蛰，当心有白脂如玉，味甚美，俗呼熊白。

“当心”两字有些难解，另一本也是宋代著作的《尔雅翼》就说得比较清楚：

古称熊白，此膏之在背也，寒月则有，暑月即无。

如果翻到《本草》，“熊”条里也有说明：

（陶）弘景曰，脂即熊白，乃背上肪，色白如玉，味甚美。寒月则有夏月则无。

以上是比较静态的数据，看来熊白是温带或寒带地区的熊为了储存冬眠时期所需的热量而预存的脂肪，猎人趁它冬眠前猎熊到手就可享此美味。台湾的熊没有冬眠的必要，想来如果有人在冬天跑去动物园偷熊来杀也找不到背上那块奇怪的脂肪。

至于比较动态的描写见于《北齐书》，提到有一位名叫李德立（顺）的人跑到宴席上，“连索熊白”，这是一千四百年前的事了，不知为什么，至今听来仍令人垂涎。

但即便在古代，熊也不是随便就猎得到的野兽，所以想来也是猎人可遇不可求的天赐。记得曾在某书中看到处理的方法是腌制，应该颇合理，因为如果偶然才猎到一只，而春夏猎得的又找不到熊白，只好靠腌腊肉的方法才能终年享受了。

可是话说回来，这熊白不过就是脂肪嘛，而脂肪不就是肥肉吗？肥肉又能好吃到哪里去呢？不过，我仍相信熊白万分美味，试想鱼翅不就是鱼鳍吗？我们惯吃吴郭鱼，丝毫不觉吴郭鱼之鱼鳍有什么美味，可是人家鲨鱼的鱼鳍就是大不相同呀！

臆想中的熊白应该是比较硬实，又有点韧，像筋。做成腊味后切成薄片，既透明，又有稍许脆爽，跟那些毫无劲道的腻腻叭叭的肥猪肉是不同的。美食中除了“色香味”之外，触觉也是极重要的，熊白或海蜇皮或绿豆冬粉，皆各有其触觉之美。

至于我没吃过熊白又凭什么在此大谈其美味呢？应该说，是靠着诗人留下的信息。诗人虽然常吹牛，但比之政治人物要可信多了，苏东坡有《岐亭诗》五首，岐亭是地名，是东坡好友陈季常（慥）的地盘，东坡贬黄州，本来可算不幸，但好友也在这一带，加上这里食材不错（东坡肉就是在这里发明的），故可算“良性贬官”。老友重逢，又受了委屈，季常便倾囊备膳。东坡写诗五首是劝他不可为此杀生，东坡是个馋人，却劝别人不要杀生，其实指的是“不要特地为我杀生”，其中第二首：

我哀篮中蛤，闭口护残汁。又哀网中鱼，开口吐微湿……

读来足以令人为自己的荤食羞赧，但其中第一首写“熊白”那一段却又似乎是兴奋且欢忭的，他说：

……久闻蒌蒿美，初见新芽赤。洗盏酌鹅黄，磨刀削熊白……

蒌蒿是极美味的春蔬，此处且按下不表。“鹅黄”指的是酒，据陆放翁说是“汉中美酒”，别处似乎酿不来。有趣的是切“熊白”，必须把刀磨得锋利才便于削切，想来挺有意思的。

清代诗人吴伟业《读史偶述》中也提到：

相公堂馔银盘美，熊白烹来正割鲜。

看来要吃熊白这种野味，除了机缘之外，还要加上好刀子和好刀功。

对于我没吃过的美味干吗一路絮絮叨叨说个没完，世上事不常如此吗？谁会细述年年月月日日时时分分秒秒在享用的空气呢？

戈壁酸梅汤和低调幸福

前年盛夏，我人在内蒙古的戈壁滩，太阳直射，唉！其实已经不是太阳直射不直射的问题了，根本上你就像站在太阳里面呢！我觉得自己口干舌燥，这时，若有人在身边划火柴，我一定会赶快走避，因为这么一个干渴欲燃的我，绝对有引爆之虞。

“知道我现在最想最想的东西是什么吗？”我问众游伴。

很惭愧，在那个一倒地即可就地成为“速成脱水人干”的时刻，我心里想的不是什么道统的传承，不是民族的休戚，也不是丈夫儿女……

我说：“是酸梅汤啦！想想如果现在有一杯酸梅汤……”

此语一出，立刻引来大伙一片回应。其实那时车上尚有凉水。只是，有些渴，是水也解决不了的。

于是大家相约，等飞去北京，一定要去找一杯冰镇酸梅汤来解渴。这也叫“望梅止渴”吧！是以“三天后的梅”来止“此刻的渴”。

北京好像是酸梅汤的故乡，这印象我是从梁实秋先生的文章里读到的。那酸梅汤不止是酸梅汤，它的贩卖处设在琉璃厂。琉璃厂卖的是旧书、旧文物，本来就是清凉之地。客人逛走完了，低头饮啜一杯酸梅汤，梁老笔下的酸梅汤竟成了“双料之饮”——是和着书香喝下去的古典冷泉。

及至由内蒙回到北京，那长安大街上哪里找得到什么酸梅汤的影子，到处都在卖可口可乐。

而梁老也早已大去，就算他仍活着，就算他陪我们一起来逛这北京城，就算我们找到了道道地地的酸梅汤，梁老也已经连喝一口的福气也没有了——他晚年颇为糖尿病所苦。在长安大街上走着走着，就想落泪，虽一代巨匠，一旦搅入轮回大限，也只能如此草草败下阵去。

好像忽然之间，“幸福”的定义就跃跃然要迸出来了，所谓幸福，就是活着，就是在盛暑苦热的日子喝一杯甘洌沁脾的酸梅汤，虽然这种属于幸福的定义未免定得太低调。

回到台北，我立刻到中药铺去抓几服酸梅汤料（买中药要说“抓”，“抓”字用得真好，是人跟草药间的动作），酸梅汤料其实很简单，基本上是乌梅加山楂，甘草可以略放几片。但在台湾，却流行在每服配料里另加六七朵洛神花。酸梅汤的颜色本来只是像浓茶，有了洛神花便添几分艳俏。如果真把当年北京的酸梅汤盛一盏来和今日台湾的并列，前者如侠士，后者便是侠女了。

酸梅汤当然要放糖，但一定要放未漂白的深黄色粗砂糖，黄糖较甜，而且有一股焦香，糖须趁热搅入（台糖另有很可爱的小粒黄色冰糖，但因是塑胶盒，我便拒买了）。汤汁半凉时，还可以加几匙蜂蜜，蜂蜜忌热，只能用温水调开。

如果有桂花酱，那就更得无上妙谛了。

剩下来的，就是时间，给它一天半天的时间，让它慢慢从鼎沸火烫修炼成冰崖下滴的寒泉。

女儿当时虽已是大学生，但每次骑车从滚滚红尘中回到家里，猛啜一口酸梅汤之际，仍然忍不住又成了雀跃三尺的小孩。古代贵族每有世世相传的家徽，我们市井小民弄不起这种高贵的符号，但一家能有几样“家饮”“家食”“家点”来传之子孙也算不错，而且实惠受用。古人又喜以宝鼎传世，我想传鼎不如传食谱食方，后者才是“软体”呢！

因为有酸梅汤，溽暑之苦算来也不见得就不能忍受了。

有时，兀自对着热气氤氲上腾的一锅待凉的酸梅汤，觉得自己好像也是烧丹炼汞的术士，法力无边，我可以把来自海峡彼岸的一片梅林，一树山楂和几丛金桂，加上几朵来自东台湾山乡的霞红的洛神花，还有南部平原上的甘蔗田，忽的一抓，全摄入我杯中，成为琼浆玉液。这种好事，令人有神功既成，应来设坛谢天的冲动。

好，我再来重复一次这妙饮的配方：乌梅、山楂、甘草、洛神花、糖、蜜、桂花，加上反复滚沸的慢火和缓缓降温的时间。此外，如果你真的希望让你手中的那杯酸梅汤和我的这杯一样好喝的话，那么你还须再加上一颗对生活“有所待却无所求”的易于感谢的心。

花之笔记

我喜欢那些美得扎实厚重的花，像百合、荷花、木棉，但我也喜欢那些美得让人发愁的花，特别是开在春天的、花瓣儿菲薄菲薄，眼看着便要薄得没有了的花，像桃花、杏花、李花、三色堇或波斯菊。

花的颜色和线条总还比较“实”，花的香味却是一种介乎“虚”“实”之间的存在。有种花，像夜来香，香得又野又蛮，的确是“花香欲破禅”的那种香法，含笑和白兰的香是荤的，茉莉是素的，素得可以入茶的，水仙更素，一株水仙的倒影简直是一块明矾，可以把一池水都弄得干净澄澈。

栀子花和木本珠兰的香总是在日暖风和的时候才香得出来，所以也特别让人着急，因为不知道什么时候就没有了。

树上的花是小说，有枝有干地攀在纵横交叉的结构上，俯下它漫天的华美，“江边一树垂垂发”“黄四娘家花满蹊，千朵万朵压枝低”，那里面有多层次、多角度的说不尽的故事。

草花是诗，由于矮，像是刚从土里蹦上来的，一种精粹的、鲜艳的、凝聚的、集中的美。

散文是爬藤花，像九重萝、荼靡、紫藤、茑萝，乃至牵牛花和丝瓜花、扁豆花，都有一种走到哪里就开到哪里的潇洒。爬藤花看起来漫不经心，等开完了整个季节之后回头一看，倒也没有一篇是没有其章法的——无论是开在疏篱间的，泼撒在花架一上的，哗哗地流下瓜棚的，或者不自惜地淌在坡地上的，乃至调皮刁钻爬上老树、把枯木开得复活了似的……它们都各有其风格。真的，丝瓜花有它自己的文法，牵牛花有它自己的修辞。

如果有什么花可以称为舞台剧的，大概就是昙花了吧。它是一种彻底的时间艺术，在丝帷的开合间即生而即死，它的每一秒钟都在“动”，它简直严格地遵守着古典戏剧的三一律。——“一时”“一地”“一事”。使我感动的不是那一夕之间偶然白起来的花瓣，也不是那偶然香起来的细蕊，而是那几乎听得见的砰然有声的拆展的过程。

文学批评如果用花来比喻，大概可以像仙人掌花，高大吓人，刺多花少，却大剌剌地像一声轰雷似的拔地而起——当然，好的仙人掌花还是漂亮得要命的。

水生花的颜色天生的好，是极鲜润的泼墨画，水生花总是使人惊讶，仿佛好得有点不合常理。大地上有花已经够好了，山谷里有花已经够好了，居然水里也冒出花来，简直是不可信。可是它又偏着了邪似的在那里。水生花是荷也好，睡莲也好，水仙也好，白得令人手脚无措的马蹄莲也好，还有一种紫簌簌的涨成满满一串子的似乎叫作布袋莲的也好，都有一种奇怪的特色：它们不管开它几里地，看起来每朵却都是清寂落寞的，那种伶伶然仿佛独立于时间空间之外的悠远，水生花大概原来是一阕属于婉约派的小词吧，在管弦触水之际，偶然化生而成的花。

不但水生花，连水草像蒹葭，像唐菖蒲，像芦苇，都美得令人发愁，一部《诗经》是从一条荇菜参差水鸟合唱的水湄开始的——不能想了，那样干干净净的河，那样干干净净的水，那样干干净净的草，那样干干净净的古典的爱情——不能想了，想了让人有一种身为旧王族被放逐后的悲恸。

我们好像真的就要失去水了——干净的水——以及水中的花。

一到三月，校园里一些熬耐不住的相思树就哗然一声把那种柔黄柔黄的小花球在一夜之间全部释放了出来。四月以后，几乎所有的树都撑不住了，索性一起开起花来，把一整年的修持都破戒了！

我一向喜欢相思树，不为那名字而是为那满树细腻的小叶子，一看到那叶子就想到“不知细叶谁裁出，二月春风似剪刀”的句子。

相思树的花也细小，简直有点像是不敢张扬的意思，可是整球整球地看去，整树整树地看去，仍然很华艳逼人。

跟儿子聊天，他忽然说：

“我们班上每个人都像一种花。”

“谢婉贞是哪一种？”

谢婉贞是他觉得最不同凡俗的一个女孩。

“她是荷花。”

“为什么？”

“因为一个夏天都是又新鲜又漂亮的。”

“那你自己呢？”

“我是玫瑰，”停了一下他解释说，“因为到死都是香的。”

这样的以香花自喻，简直是屈原，真是出语惊人！

春天，我总是带小女儿去看令人眼花的杜鹃。

她还小，杜鹃对她而言几乎是树。

她不太专心看花，倒是很专心地找那种纺锤形的小蓓蕾，找到了就大叫一声：

“你看，花 baby！”

她似乎只肯认同那些“花婴”，她不厌其烦地沿路把那些尚未启封的美丽——灌注上她的欢呼！

旅行美国，最喜欢的不是夏威夷，不是佛罗里达，不是剧场，不是高速公路或迪士尼乐园，而是荒地上的野花。

在亚利桑那，高爽的公路上车行几小时，路边全是迤逦的野花。黄粲粲的一径开向天涯，倒教人怀疑那边种的是一种叫作“野花”的农作物，野牛和印第安人像是随时会出现似的。

多么豪华的使用土地的方法！不盖公寓，不辟水田，千里万里的，只交给野花去大展宏图。

在芝加哥，朋友驱车带我去他家，他看路，我看路上的东西。

“那是什么花？”

“不知道。”

“那种鸟呢？”

“不知道，我们家附近多的是。”

他兴冲冲地告诉我，一个冬天他是怎样被大雪所困，回不了家，在外面住了几天旅馆，又说 Sears Tower 怎样比纽约现有的摩天大楼都高一点。

可是，我固执地想知道那种蓝紫色的、花瓣舒柔四伸如绢纱的小花。

我愈来愈喜欢这种不入流的美丽。

一路东行，总看到那种容颜。终于，在波士顿，我知道了它的名字，“蓝水手”，Blue Sailor。

像一个年轻男孩，一旦惊讶于一双透亮的眼睛，便忍不住千方百计去知道她的名字——知道了又怎样，其实仍是一样，只是独坐黄昏时，让千丝万缕的意念找到一个虚无的、可供挂迹的枝杈罢了。

知道你自己所爱的一种花，岁岁年年，在异国的蓝空下安然地开着，虽不相见，也有一份天涯相共的快乐。

《诗经》有一个别名，叫作“葩经”，使我觉得桌上放一部《诗经》简直有一种破页而出的馥馥郁郁的香气。

中学在南部念书，校园大，每个学生都分了一块地来种，那年我们种豇豆。

不知为什么，小小的田里竟长出了一朵小野菊——也许它的前身就跟豇豆的前身同在一片田野，收种子的时候又仍然混在一起，所以不经意时也就播在一起。也许是今春偶过的风，带来偶然的一抹色彩。

后来，老师要我们拔野草，我拔了。

“为什么不拔掉那棵草？”

“它不是草，”我抗议，“它是一朵小野菊。”

“拔掉，拔掉。”他竟然动手拔掉了它，“你不知道什么叫草——不是你要种的东西就是草。”

我是想种豇豆吗？不，我并没有要种豇豆，我要种的只是生命。

许多年过去了，我仍然记得那丛被剥夺了生存权的小野菊。

是花，而被种在菜圃里，或者真是不幸的。

有一种花，叫爆仗花，我真喜欢那名字——因为有颜色，有声音，而且还几乎是一种进行式的动词。

那种花，香港比较多见，属于爬藤类，花不大，澄黄澄黄的，仿佛千足的金子，开起来就狠狠地开满一架子，真仿佛屋子里有什么喜事，所以那样一路噼里啪啦、声势壮烈地燃响那欢愉的色彩。

还有一种花的花名也取得好，叫一丈红，很古典，又很泼悍。

其实那花倒也平常，只是因为那么好的名字，看起来只觉得是一柱仰天窜起的红喷泉，从下往上喷，喷成一丈，喷成千仞，喷成一个人想象的极限。

有些花，是只在中国语文里出现，而在教科书里却不成其为花的，像雪花、浪花。

所有的花都仰面而开，唯独雪花俯首而开，所有的花都在泥土深处结胎，雪花却在天空的高处成孕。雪花以云为泥，以风为枝丫，只开一次，穿过万里寒冷，单单地要落在一个赶路人温暖的衣领上，或是一个眺望者蒙亮的窗纸上，只在六瓣的秩序里美那么一刹，然后，回归为半滴水，回归入土。

浪花只开在海里，海不是池塘，不能滋生大片紫色的、白色的、粉色的花，上帝就把浪花种在海里，海里每一秒钟都盛开着浪花。

有什么花能比浪花开得更巨大，更泼旺？那样地旋开旋灭，那样地方生方死——却又能四季不凋，直开到地老天荒。

人站在海边，浪就像印度女子的佩然生响的足环，绕着你的脚踝而灿然作花。

有人玩冲浪，看起来整个人都开在花心里，站在千丝万绪的花蕊里。

把浪说成花，只有中国语文才说得那么好吧！

我讨厌一切的纸花、缎带花和塑胶花，总觉得那里面有一种越分，一种亵渎。

还有一种“干花”，脱了水，苍黄古旧，是一种花中的木乃伊，永远不枯，但常年放在案头，让人觉得疲倦不堪。不知为什么，因为它永远不死，反而让你觉得它似乎从来没有光灿生猛地活过。

我只愿意爱鲜花，爱那明天就握不住的颜色、气息和形状——由于它明天就要消失了，所以我必须在今天用来不及的爱去爱它。我要好好地注视它，它的每一刹那的美其实都是它唯一一次的美，下一刹，或开或合，它已是另一朵了。

我对鲜花的坚持，遇见玻璃花便破例了；哈佛的陈列室里有一屋子的玻璃花，那么纤柔透明——也许人造花做得极好以后就有一种近乎泄露天机的神秘性。

也许我爱的不是玻璃花，而是那份已成绝响的艺术。那些玻璃花是一对父子做的，他们死后就失传了——花做得那么好，当然也不是传得下来的。

我真的不知道我是爱上那做得特别好的晶莹得虚幻的花，还是爱那花后面的一段寂寞的故事。

我爱花，也许不完全是爱花的本身，爱的是那份乍然相见的惊喜。

有一次，去海边，心里准备好是要去看海的，海边有一座小岩岬，我们爬上去，希望可以看得更远，不料石缝里竟冷不防地冒出一丛百合花来，白喷喷的。

整个事情差不多有点不讲理，来海边当然是要看海捡贝壳的。没有谁想看花，可是意外地遇上了花，不看也不忍心。

自己没有工作进度表，也不管别人的旅游日程——那朵花的可爱全在它的不讲道理。

我从来不能在花展中快乐，看到生命那么规矩地站在一列列的瓶瓶罐罐里，而且很合理地标上身价，就让我觉得丧气。

听说有一种罐头花，开罐后几天一定开花，那种花我还没有看已经先发腻了。

生命不该充满神秘的未知吗？有大成大败、大喜大悲不是才有激荡的张力吗？文明取走了莳花者犯错误的权利，而使得他的成功显得像一团干蜡般的无味。

我所梦想的花是那种可以猛悍得在春天早晨把你大声喊醒

的梔子。或是走过郊野时闹得人招架不住的油菜花，或是清明节逼得雨中行人连魂梦都走投无路的杏花，那些各式各流的日本花道纳不进去的、市价标不出来的、不肯许身就范于园艺杂志的那一种未经世故的花。

让大地是众水浩森中浮出来的一项意外，让百花是茫茫大地上扬起来的一声欢呼！

花之在野党

有一种紫红色的山花，五瓣，开起来有拳头大，平平的钟面似的圆，黄蕊纷纷，简单的构图让人一览无遗。整个四月和五月，从我研究室的北窗望去，它深情地一径紫着，在岩缝里也能开，我有时简直不免敬畏起来。可惜它既没有东坡笔下石榴花委委曲曲的千重幽婉，也没有林和靖诗中疏影横斜的梅花风度。完全是一种土里土气的在野之身。

花叶是简单的橄榄形，上面有几条经线，初看时吓一跳。因为觉得面熟极了，细怿起来，不禁失笑，原来它太像画好经线还没有着上纬线的地球，所不同的是地球扁而此叶长就是了。所谓一花一世界，一叶里大概也真有一地球吧！

它叫什么花，我也不知道，只知道春来的时候，它在每条山径上都泼皮得势，谁也不管它，除了偏宠溪山的春风。

可是，四月里，忽然有一天，好喝酒的校工不知怎么想起来竟折了一大把，乱插在一只红标米酒的瓶子里，我着实愣住了。想起苏东坡形容自己酒后写草书的境界，说：“觉酒气拂拂自十指间出”，初看此花插在瓶里。竟也觉得是一片淡红的村酒拂拂然升自罍中幻化而成的。浓酡的颜色，醉结成一种不经心的美丽。

以后在山前山后再看到那种花，只觉无限乡情，我姑且称它为花之在野党吧！

白木莲

有一年，我答应了东海和中兴的演讲，在五月。

放下长途电话，令我惊诧不敢置信的是，眼前竟然那么准确而强烈地浮起那种叫作“白木莲”的花，开在东海校长花园里的。

我忽然明白，我为什么答应邀约，原来我仍在秘密地渴念着那花，原来我一直没有忘记它，原来我奔驰一百多公里的路只为去看那一树白木莲。

白木莲也叫洋玉兰，似乎有时候也叫木笔或辛夷，不过我喜欢白木莲那名字，仿佛让人觉得那里面有一则故事。也许是在很久很久以前，也许是由于一种特别的悲悯，一株白莲花从遥远的水泽中走上来，走到泥土上来。泥土上没有一茎亭亭的莲，泥土上只有人，人是一种“两茎的莲”，它喜欢这种两茎的莲，便留在地上，寄身在一株树中，于是成了一种奇异的木莲花。

白木莲极大，极白，极厚，极香，而又极灵秀，树总是长得高挺，花也总是开在高处，让看花人必须稍稍仰视的那个角度。

树叶是浓得要凝固的暗绿色，越发衬得那花像一个个浪花漩成的水涡，风过时，你会觉得那树是一面直立的洛水，宓妃刚凌波而去，留下的是一片白灿灿的屐痕，屐痕是旋涡，屐痕是莲。

晚上，厚韧的白花瓣合起，禁锢起它神圣的香气，像一颗漂亮的树的心脏，安舒地悬着，安静地脉搏着，安静地一径美丽着。

能隔着魂思梦想的距离远远地去爱恋那样一种花，对我而言，是一种奇异的幸福。

凤凰花

凤凰花是一种好得你绝对不可以信以为真的那种花。每次正面看一棵凤凰树，我都忍不住回头再看一眼——看它还在不在那里——我觉得它是可能随时不存在的，及至看到它真的在那里，我竟会手足无措起来。

“怎么办呢？”我着急地叨念着，“怎么办呢？凤凰树一棵棵都红成这个样子！”

某些太美的东西每令我惶然，因为美把固着呆滞的生活秩序打断了，美让人着急不安，不知如何自处。

看凤凰花非得有一种老僧面壁寂然不动的定力不可，否则真会走火入魔。凤凰花开到饱和的时候，树上一片红海，树下一片红塘。风过时，上下红波红浪之间还有一串串落花如散丝红瀑布。

“怎么办呢？”

一直等到夏天老去，所有的红花都磨成了一柄一柄青匕首似的长豆荚，那样证据确凿地悬在影影绰绰的碎叶间，但不知为什么，你仍然半信半疑，仍然不能确定，它曾经是花。

珍珠玫瑰

那种小花，我只看过一次。

那时我刚生完小男孩，躺在床上，心中常有一丝怅然，每每，我倚在后廊上俯看邻家院落里开得粉团粉团的大堆杜鹃。

有个小女孩——我们都喊她小燕子——来看我，那天她跑来，抖开手帕，将一把小花散在我的床头。

“这叫珍珠玫瑰，你看，多小。”

真是小极了，一粒粒又圆又白竟跟珍珠完全一样，不同的是，它是花，有着花的潮润清凉的体温，以及花的幽幽细细的香息。

“我偷来的，”小燕子说，“我早就想偷了，你知道吗？那家人有个好大好深的院子啊，我每次经过都想偷花，今天正好，大门是开的，我跑进去，一看没人，赶快就摘了一把。”

她跑得气喘吁吁的，我想骂她，又骂不出口，其实，她倒也不必跑。那样小的小女孩就算让花主人逮住了，恐怕也要忍不住多送她一把花吧？

她把珍珠玫瑰悄悄放在婴儿脸旁，高兴地笑起来。

“你看，这花简直就是小婴孩的花，这么小，我喜欢小花，小得让人心都要碎了。”

孩子正睡着，那奇异的小种玫瑰在枕前白着，我静静地看着花和婴孩。

小燕子形容的那个深宅大院，我一直不愿意去探看，我不愿意知道它的门牌，当我一旦知道它在那里，等它不在那里的时候，它便消失了。我要那栋深宅大院在我心里，永不拆除，永不翻造，藤萝一直攀爬着，花一直开着，薰风一直吹着……

小燕子终于长大了，嫁了人，住在加州。

小男孩也长大了，没有谁记得一种叫珍珠玫瑰的小花。

只是我想起来，仍觉一丝怅然。

芒果树

要相信芒果树新吐的鲜润的沉红的叶子不是花，真得要花很大的力气说服自己。

那些新叶子总是柔软而充血，很抢眼地挂在老叶子前面，走过南部的小城小乡，那种树一丛一丛冒到眼里来，每一次，你都忍不住要说：

“芒果树开花了！好红的花！”

于是有人好意地提醒你：

“不是，那是新抽的叶子！”

你不服气，实在应该是花，那么漂亮强壮的肝红。

记忆里屏东老宅的芒果树简直就是一种香料树，高大轩昂，交枝错叶，热闹喧嚣像旧式的大家族。而成嘟成串的果实从来没有把它压矮过，那黄熟圆浑的神迹挂满一树，它却自自然然地仿佛什么事都没有发生过。叶生叶老，花繁花谢，果实成熟，果实摘空，炎夏的风，翻遍每一片叶子去寻找生命的潮汐，而芒果树只是芒果树，什么都发生过了，什么都没发生，所有的只是一点点果实摘后的旧蒂痕。

或花或叶或果，或不花或不叶或不果，芒果树一直是我心头的一株漂亮的花树。

鸟巢蕨，什么时候该丢？

我买了一丛鸟巢蕨，那是十年前的旧事了。

说“一丛”不太正确，应该说是“一丛半”。小丛的鸟巢蕨，偎在大丛边上，看来如母子相依。我喜欢那姿态，不觉心动买下。及至回到家里，不料那大丛越长越大，小丛缩在大丛之下，逐渐萎小，最后终于枯干黄卷而至消失。

鸟巢蕨又名“台湾山苏”，在林野中处处都可遇到，它又常常长在老树上，一副非常随遇而安的样子。我因那“台湾山苏”的名字而格外疼惜它，凡是冠上此类名称的动植物，总让我心动。例如“台湾相思”或“中华鲟鱼”，听来真像和自己刚认过宗又叙罢家谱的堂兄弟。

而这位堂兄弟不幸夭损了一个，我不能不感伤。终于，我想出办法来了，我要去找原来卖鸟巢蕨的花店，问他们能不能为我补种半丛小蕨，付钱没有关系，我喜欢它原来的构图，我喜欢小蕨稚弱依人的样子。

花店一向是个美丽的地方，花店里的小姐也是。我抱着鸟巢蕨走进店来，小姐惊奇地望着我。我有点抱歉，向来，只有人抱着植物出去，哪有人抱着植物进来？

“是这样的……我半年前买的……死了……可不可以请你在同位置再为我补种一丛……”

“半年了？”美丽的小姐有点不屑，“半年了你也就可以丢掉了，都市里的人买绿色植物来养，谁不是养养就死？我看你也不必麻烦了，就把这盆丢到垃圾车里去算了，你再选一盆新的，我算你便宜。哪里有像你这样买了盆植物就一直养下去不丢的？”

这一次，轮到我睁大眼睛看她了。美丽的她，怎么会说出这番怪论来？凭什么植物只是“养眼消费品”，看烦了就丢？一棵树，只要照料得好，是混个百年乃至千年都没有问题的。要丢，它来丢我还差不多，我是绝对没有资格去丢它的。

鸟巢蕨能活多久？我不太知道，但它的嫩叶一重重抽出来，生生不息。就我的想法，百年应该也不是问题，我何忍让它夭折。花店店员只知推销产品，别理她就算了。

我把鸟巢蕨重新带回来，几乎是落荒而逃，两下里都有点劫后余生的意味。我赌气好好养它，它至今活着，如翡翠，如碧波，既不打算死，也没有倦勤或退休之意。每当它抽出一张通透如“祖母绿”的新叶，如同赌徒又展示出一张王牌，我就会神秘一笑，对它说：

“哈！好家伙，你知道吗？你这条命是捡回来的！十年前就有个坏女孩劝我把你甩了呢！”

鸟巢蕨似笑非笑，我想它什么都知道，但它什么都不说，只一径绿着。非常绿非常绿地绿着。

山的春·秋记事

一　山坳里的春之画展

春天，我们应邀去看画展，邀请的人是太鲁阁公园管理处的处长，但我宁可视他为画廊经纪人。据说上一档展出的是油菜花，这一档则是桃花，作者都是同一个，名字叫“造化”。作者的脾气一向执拗，从来不肯宣布确实的展期，你只能约略知道似乎有动静了，甚至快要揭幕了，正在大家争走相告猜疑不定之际，忽然某个晴和的早晨，繁花满畦，你知道展览已经开始了。

其实更应该一提的也许是这画廊，百仞青山，千里涧水，勤读的清风翻阅每一页翠绿，照明设备则只架两盏大灯，白天的那盏叫太阳，晚上的那盏叫月亮，终年展出，日夜不休。

只是画廊太长、太大、太深，这等手笔太不符合经济效益了吧？我们从清晨出发，一路走到中午，桃花才迟迟来入眼——令人惊喜的是上一档的油菜花尚未完全收起，这一档的桃花已经推出。桃花挂得高些，油菜花铺得低些，一个展览场竟作两番同步的展出，构想倒也新奇大胆。

这个地方叫陶塞村，和陶塞溪的河床相去不远，两个地方倒好像历史上的李白与杜甫或者苏东坡与姜白石，因为有其同样优美的才质，所以不知不觉拼命追求相异的面貌。

陶塞村在四月是粉红色的寝宫，桃花林下一路行来，只觉淡淡的胭脂在眉颊在歌啸在若有若无的风里晕开。

陶塞溪则相反，唯恐色调不够沉郁浑厚：黑色的巨石森森垒垒，起先你不知道何以要下笔如此滞重？及至坐久了，看那鲜碧如琉璃的急流一路喷沫含烟地往前窜去，不免顿悟，非如此老老实实的纯洁黑色不足以托住那跳脱如仙裾的薄绿。

陶塞村的路径曲曲折折地往山头蜿蜒。

陶塞溪的水流一去无悔地往低处倾泻。

陶塞村是施了法的城堡，桃花在幻象中且开且落，寂然无声。连蜂媒蝶使也都似着了魔法，在催眠状态下往往返返。

陶塞溪却是一首永不歇拍的哗然的长歌。水是永不迸断的琴弦，山是永不摧坏的雁柱。一切凹入的岩穴谷地皆成共鸣响，一切奇拔突起的山势皆如鼓钹镗鞳，沸然扬声。

陶塞村与陶塞溪是如此相倚相重，而又如此刻意相反相成——如果你只识其中一个会觉得两者各自浑然无瑕，但如果认识了两个，便不免觉得两者如果少掉一个必是憾事。陶塞溪是护城河，圈住山头一片美的营垒，没有陶塞溪则城池不固。而桃花则是故垒中的公主，有了她，陶塞溪守护的职守才有其可以夸称的意义。

桃花其实年年重复，但却无一枝无一朵无一瓣无一蕊抄袭旧作。我见桃下有块苔痕斑斑的大石，便把麂皮旅行袋权作枕头横卧仰观，同伴因贪看溪景一时未至，我便独霸整个桃林的风光。桃花宜平视，亦宜仰望，平观是艳色滟潋，仰观则成法相庄严。当然，如果乘坐小飞机俯视亦无不可，但俯视却有点像神话故事里的云端童子，对着人间转眼零落的繁红盛绿，恐怕总不免惘然有泪吧？

所以最好的应该是仰视了。闻说大匠米开朗基罗一生画教堂壁画，画到圆穹高处，只好翻身仰首而画，及至晚年，竟成习惯性的“仰面人”。人生能留下这样一个姿势，真是够凄凉也够豪壮了。

仰看桃花弥天漫地，在这悠悠如青牛的大石上，我觉得自己既是置身花事之中，又仿佛置身花事之外。繁花十里如火如炽之际，亦自娴静贞定。那红色真红得危险，那桃红再加热一度即可焚身，再冷凝一度又不免道学气，这四月桃花却行险侥幸，刚好在其间得大优游大自在。《诗经》中的桃花是男婚女嫁的情缘，民间传说中的桃枝却又可以驱鬼，而在王母娘娘的果园里垂其芬郁圆熟的也是此桃，想来这桃竟是可仙可道可以入世亦可以伏魔的异物。

故事中的汉武帝在七月七日深夜得见西王母，吃了两枚桃子，悄悄留下桃核想要去种，西王母笑了，（大约还带着促狭的神气吧！）她说："那桃三千年才结一次哩！你留着种子干吗？"

对于渴望成仙不朽的汉武帝而言，一切都来不及了，三千年结一次的桃，不是凡人可种来吃的。想来三千年间应该是一千年成树，两千年著花，三千年结果吧？假如当年汉武帝不甘心之余仍然偷偷在海上仙山种下它，至今刚好两千年，我该刚好赶上看了吧？其实仙桃之花也无非等于今年四月村子里此时此刻的桃花，或者此花本即仙种吧？但慧绝亦复痴绝的凡人刘彻呵，他为什么始终不能明白，人的不朽不在于食桃，而在于定目凝视那万千纷纭起落之余的一念敬畏。人能一旦震慑于美的无端无涯，威服于生命的涌动生发，亦即他终于近道之刹那了。

一阵风过处，汉唐渐远，急红入眼，一照面之下彼此都知道对方是过眼的繁华吧？至于那乱落入书的，和诗行互映互衬之余都了解自己是宿慧一现吗？而桃花终于成为书本上的朱砂手批。桃花也是整个中国山川的点点朱批吧？

下山以后，电话里蒋勋说："我一直记得那条路，那天你的车在前，我的车在后，你斜歪着身子坐在后座，衣服在树下隐隐泛蓝，让我想起从前在台湾乡下，女孩子穿件蓝布衣裳，被人载着去出嫁。"

"他什么不好想，却想到要我去出嫁？"电话里我跟慕蓉转述，一面大笑，"我那时坐在人家摩托车后座，左边是时有落石的峭壁，右边是万丈深渊，自危都来不及呢！怎么会想出嫁！哎，而且叫我嫁给谁呢？嫁给春天吗？”

关于四月，关于桃花，每次在我乍然想起，几乎怀疑它们是虚构情节的时候，因为有朋友那番话，使我相信它是确实发生过的。

二　站在因月光而超载的危桥上

那地方叫文山，我们当时都站在吊桥上，一边一排，两相对立。月亮升上来，山林隐隐骚动起来，事情就这么单纯，可是我们却哗然一声静了下来，我说哗然，是因为那凝静里有着更巨大的喧哗。

使万物清朗的是秋天，化幽隐为透明的是满月，桥因超载月光而成为危桥，但我深深爱上那份危险。

我们站在吊桥上，你知道，所谓吊桥，就是一侧有山，另一侧也有山，而且下面还有溪涧深渊的那种东西。当时月亮亮得极无情，水亦流得极刚猛决然，人在桥上，虽然仗着人多势众，也不得不惶然凄然。我觉得自己像一只蜘蛛，垂悬在上不着天，下不着地的太虚里，不同的是蜘蛛自己结网，我却只能把生命交给那四根铁索。铁索微微晃漾，我也并不觉得不踏实，生命多少是一场走钢索，别人替你不得，别人扶你不得，你只能要求自己在极惊险的地方走得极漂亮稳当。和钢索相比，吊桥已够舒坦。山和山是安定的名词，吊桥是其间诚恳的连接词，而我，我是那欲有所述的述语。

只是一群人，只是一群人站在深山的吊桥上，只是那天晚上刚好有秋天圆满的月亮——就这么简单，可是，不止啊，我说不清楚，我能说的只是舞台布景，至于述之不尽的满溢的悲喜和激情，却又如何细说？

记得有次坐火车慢车赴屏东，车上有个枯干憔悴的男人，看样子是原住民，而且智力显然有障碍。但因他只自顾自地咿咿喔喔而并无攻击性，大家也就各自打盹发呆不去理他。不料忽然之间，车子一转，天际出现一道完整的彩虹，仿佛天国的拱门，万种华彩盈眉喷面而来。可怜那男子一跃而起，目瞪口呆，他在一个车厢里喜得前奔到后，后奔到前，去拉每个乘客的衣服，嘴里只会“啊——啊啊——啊——啊”地狂呼，手指却兴奋发抖反复直指那道长虹，他要每个人知道这开天辟地以来的第一次神迹。

知识有什么用呢？知识使人安然夷然，说：

“这是虹，因阳光折射而成，包含七种颜色。”

而那男子却因无知无识，亦无一个词眼一个句子可用，因而反倒可以手指直呼，直逼真相。他不假任何知识或成见去认识虹，他更没有本领向任何人讲述虹的知识，他当时大惊小怪，在车厢里失态乱叫的语言如果翻译出来也只是：“快看、快看，我看到一个东西很好看，你也快看！”

但不知为什么，以后每看到虹，一切跟虹有关的诗歌、神话、传说都退远了，只剩那智障男子焦虑乱促的叫声，仿佛人被逼急了，不得不做出的紧急反应，他被什么所逼呢？是被那一道艳于一道的七叠美丽吗？

和那男子相比，我也有智力障碍吧？此时此际，月出自东山，月涌于深涧，众人在月下站着，亦复在月上站着。我欲寻一语不得，恨不得学那人从桥头跑到桥尾，从桥尾奔回桥头，手指口呼，用最简单最原始的“啊——啊啊——啊”来向世人直指这一片澄澈的天心。

又记得小时候和同伴月下嬉玩，她忽然说：

“你不可以指月亮，不然手指头会烂。”

“胡说！”我有点生气，“不信你明天看我手指烂不烂。”

当时虽然嘴硬，心里却不免兀自害怕，第二天看见自己十指俱全，竟有点劫后余生的欣喜。

事隔多年，如果今天再有孩子来问我，我会说：

“月亮可以用手指头‘指’，但万万不可以用言语‘指’述。”

真的不可指述，因为一说便错。

所以颠来倒去，我只能反复说，曾有一个晚上，秋月圆满无憾，有一群人站在群山万壑之间的一线凌虚架空的吊桥上。当是时，桥上是月，桥下亦是月（如果要列得更明细一点，桥上的月是固体的，桥下的月是流体的，反映在眉目衣袂间的则是气体的玉辉）。众人哑然，站在那条挂向两山间的悬空吊桥上，一如他们的一生，吊在既往和未知之间扯紧的枯绳上。

三　神出鬼没的山

如果我说“那些神出鬼没的山”，你会以为我在撒谎吗？

古人用词，实在有其大手段，例如他们喜欢用“明灭”。像王维说“寒山远火，明灭林外”倒还合理。韦应物诗“寒树依微远天外，夕阳明灭乱流中”也说得过去。但像杜甫说“回首凤翔县，旌旗晚明灭”就不免有印象派的画风，旗帜又不是发光体，如何忽明忽暗？柳宗元的游记大着胆子让风景成为“斗折蛇行，明灭可见”，朱敦儒的词更认为“千里水天一色，看孤鸿明灭”，仿佛那只鸟也带着闪光灯似的。

大概凡是美的事物，都有其闪烁迷离的性格，不但夕阳远火可以明灭，一切人和物都可以在且行且观的途中乍隐乍现，忽出忽没，而它的动人处便在这光线和形体的反复无常吧？山势亦然，闪烁飘忽处，竟如武林高手在逞其什么怪异的扑朔迷离的游走身法。你欲近不得欲远不得，忽见山如伏虎，忽闻水如飞龙。你如想拿笔记录，一阵云来雾往，仿佛那性格古怪的作者，写不上两行就喜欢涂上一堆“立可白”，把既有的一切来个彻底否认。一时之间山不山，水不水，人不人，我不我，叫人不仅对山景拿捏不定，回头对自己也要起疑了。

所以，如果我说那“神出鬼没的山”，其实是很诚实的。

那天清晨，来到这断崖崩壁前，朋友们拿起画笔时，我心里充满恶作剧的欲望。

“我在想，如果找到一根大棍子，我把你们每个人一棒槌打昏放在大麻袋里，神不知鬼不觉地把你们拖来这山上，”我一面说，一面盘算，自己高兴得大笑大叫，“然后骗你们说你们被绑架了，这里是四川了，这里便是李白《蜀道难》里‘连峰去天不盈尺……砯崖转石万壑雷’的绝高绝美的地方，我相信你们个个都会相信。我骗你们说这里就是‘峨眉天下秀’，我骗你们说，这里就是‘可以横绝峨眉巅’的地方，你们绝对会相信，只要我找到一根大棍子，把你们一个个先打昏……”

“你这人也真奇怪，好端端的，为什么满心只想找根大棍子把我们一个个打昏……”蒋勋说得无限委屈，好像我真的手里握着大棍子似的。

对啊，我为什么如此杀气腾腾？只因在山里住了几天，就平添出山大王的草莽气味来了吗？不对，不对，我这根大棍子非比寻常，是老僧手里那“棒喝”之棒。一棍下去，结结实实，让人经过“震荡”以后，整个惊醒过来。我其实哪里是要打他们，我只是生气有人活到今天还不知道自己身在台湾可以纵目看到一流山水，我是个不时拿棒子打自己的人，我时时问自己：

“你能不能放弃那个旧我和旧经验，用全新的眼睛来看这个世界？”

巨幅的悬崖近乎黑色，洁净无瑕，和山民的皮肤同色调同肌理，看来是系出一个血源了。山与山耸立，森森戟戟如铜浇铁铸，但飞奔的碧涧却是个一缰在握的少年英雄，横冲直撞，活活地把整片的山逼得左右跳开，各自退出一丈远，一条河道于是告成。但这场战争毕竟也赢得辛苦，满溪都是至今犹腾腾然的厮杀的烟尘和战马的喷沫……

同伴写生，我则负责发愣发痴，对于山水，我这半生来做的事也无非只是发愣发痴而已——也许还加一点反刍。其实反刍仍等于发愣，那是对昨日山水的发愣，坐在阳光下，把一路行来的记忆一茎一茎再嚼一遍，像一只馋嘴的羊。我想起白杨瀑布，竟那样没头没脑从半天里忽然浇下一注素酒，你看不出是从哪一尊壶里浇出来的，也看不懂它把琼浆玉液都斟酌到哪里去了。你只知道自己看到那美丽的飞溅，那在醉与不醉间最好的一段醺意。我且想起，站在桥墩下的巨石上，看野生的落花寂然坠水。我想起，过了桥穿岩探穴，穴中山泉如暴雨淋得人全身皆湿，而岩穴的另一端是一堵绿苔的长城，苔极软极厚极莹碧，那堵苔墙同时又是面水帘，窄逼的山径上，我拼命培养自己的定力，真怕自己万一被那鲜绿所惊所惑，失足落崖，不免成了最离奇的山难事件。我想起当时因为裙子仍湿，坐在那里晒太阳，一条修炼得身躯翡翠通碧的青蛇游移而来。阳光下，它美丽发亮如转动的玉石，如乍惊乍收的电光，我抬起脚来让它走，它才是真正的山岳之子，我一向于蛇了无恐惧，我们都不过是土地的借道者。

想着想着，忽觉阳光翕然有声，阳光下一片近乎透明的红叶在溪谷里被上升的气流托住了，久久落不下去，令人看着看着不免急上心来，不知它怎么了局。至于群山，仍神出鬼没，让人误以为它们是动物，并且此刻正从事大规模的迁移。

终于有人掷了画笔说：

“不画了，算了，画不成的。”

其他几人也受了感染，一个个仿佛找到好借口，都把画笔收了。我忽然大生幸灾乐祸之心，嘿嘿，此刻我不会画画也不算遗憾了，对着这种山水，任他是谁都要认输告饶的。

负责摄影的似乎比较乐观，他说：

“照山，一张是不行的，我多照几张拼起来给你们看看。”

他后来果真拼出一张大山景，虽然拼出来也不怎么样——我是指和真的山相比。

我呢，我对山的态度大概介乎两者之间吧，认真地说，也该掷笔投诚才行，但我不免仍想用拼凑法，东一角，西一角，或者勉强能勾山之魂，摄水之魄吧？让一小撮山容水态搅入魂梦如酒曲入瓮，让短短的一生因而甘烈芳醇吧。

秋天·秋天

满山的牵牛藤起伏，紫色的小浪花一直冲击到我的窗前才猛然收势。

阳光是耀眼的白，像锡，像许多发光的金属。是哪个聪明的古人想起来以木象春而以金象秋的？我们喜欢木的青绿，但我们怎能不钦仰金属的灿白？

对了，就是这灿白，闭着眼睛也能感到的。在云里，在菅芒中，在满山的翠竹上，在满谷的长风里，这样乱扑扑地压了下来。

在我们的城市里，夏季上演得太长，秋色就不免出场得晚些。但秋天是永远不会被混淆的——这坚硬明朗的金属季。让我们从微凉的松风中去认取，让我们从新刈的草香中去认取。

已经是生命中第二十五个秋天了，却依然这样容易激动。正如一个诗人说的：

“依然迷信着美。”

是的，到第五十个秋天来的时候，对于美，我怕是还要这样执迷的。

那时候，在南京，刚刚开始记得一些零碎的事，画面里常出现一片美丽的郊野，我悄悄地从大人身边走开，独自坐在草地上。梧桐叶子开始簌簌地落着，簌簌地落着，把许多神秘的美感一起落进我的心里来了。我忽然迷乱起来，小小的心灵简直不能承受这种兴奋。我就那样迷乱地捡起一片落叶。叶子是黄褐色的，弯曲的，像一只载着梦的小船，而且在船舷上又长着两粒美丽的梧桐子。每起一阵风我就在落叶的雨中穿梭，拾起一地的梧桐子。必有一两颗我所未拾起的梧桐子在那草地上发了芽吧？二十年了，我似乎又能听到遥远的西风，以及风里簌簌的落叶。我仍然能看见那载着梦的船，航行在草原里，航行在一粒种子的希望里。

又记得小阳台上的黄昏，视线的尽处是一列古老的城墙。在暮色和秋色的双重苍凉里，往往不知什么人又加上一阵笛音的苍凉。我喜欢这种凄清的美，莫名所以地喜欢。小舅舅曾经带我一直走到城墙的旁边，那些斑驳的石头，蔓生的乱草，使我有一种说不出的感动。长大了读辛稼轩的词，对于那种沉郁悲凉的意境总觉得那样熟悉，其实我何尝熟悉什么词呢？我所熟悉的只是古老南京城的秋色罢了。

后来，到了柳州，一城都是山，都是树。走在街上，两旁总夹着橘柚的芬芳，学校前面就是一座山，我总觉得那就是地理课本上的十万大山。秋天的时候，山容澄清而微黄，蓝天显得更高了。

“嫒嫒，”我怀着十分的敬畏问我的同伴，“你说，教我们美术的龚老师能不能画下这个山？”

“能，他能。”

“能吗？我是说这座山全部。”

“当然能，当然，”她热切地喊着，“可惜他最近打篮球把手摔坏了，要不然，全柳州、全世界他都能画呢。”

沉默了好一会。

“是真的吗？”

“真的，当然真的。”

我望着她，然后又望着那座山，那神圣的、美丽的、深沉的秋山。

“不，不可能。”我忽然肯定地说，“他不会画，一定不会。”

那天的辩论后来怎样结束，我已不记得了。而那个叫嫒嫒的女孩子和我已经阔别了十几年。如果我能重见她，我仍会那样坚持的。

没有人会画那样的山，没有人能。

嫒嫒，你呢？你现在承认了吗？前年我碰到一个叫嫒嫒的女孩子，就急急地问她，她却笑着说已经记不得住过柳州没有了。那么，她不会是你了。没有人能忘记柳州的，没有人能忘记那苍郁的、沉雄的、微带金色的、不可描摹的山。

而日子被西风刮尽了，那一串金属性的、有着欢乐叮当声的日子。终于，人长大了，会念《秋声赋》了，也会骑在自行车上，想象着陆放翁“饱将两耳听秋风”的情怀了。

秋季旅行，相片册里照例有发光的记忆，还记得那次倦游回来，坐在游览车上。

“你最喜欢哪一季呢？”我问芷。

“秋天。”她简单地回答，眼睛里凝聚了所有美丽的秋光。

我忽然欢欣起来。

“我也是，啊，我们都是。”

她说了许多秋天的故事给我听，那些山野和乡村里的故事。她又向我形容那个她常在它旁边睡觉的小池塘，以及林间说不完的果实。

车子一路走着，同学沿站下车，车厢里越来越空虚了。

“芷，”我忽然垂下头来，“当我们年老的时候，我们生命的同伴一个个下车了，座位慢慢地稀松了，你会怎样呢？”

“我会很难过。”她黯然地说。

我们在做什么呢？芷，我们只不过说了些小女孩的傻话罢了，那种深沉的、无可如何的摇落之悲，又岂是我们所能了解的。

但，不管怎样，我们一起躲在小树丛中念书，一起说梦话的那段日子是美的。

而现在，你在中部的深山里工作，像传教士一样地工作着，从心里爱那些朴实的山地灵魂。今年初秋我们又见了一次面，兴致仍然那样好，坐在小渡船里，早晨的淡水河还没有揭开薄薄的蓝雾，橹声琅然，你又继续你的山林故事了。

“有时候，我向高山上走去，一个人，慢慢地翻越许多山岭。”你说，“忽然，我停住了，发现四壁都是山！都是雄伟的、捅天的青色！我吃惊地站着，啊，怎么会那样美！”

我望着你，芷，我的心里充满了幸福。分别这样多年了，我们都无恙，我们的梦也都无恙——那些高高的、不属于地平线上的梦。

而现在，秋在我们这里的山中已经很浓很白了。偶然落一阵秋雨，薄寒袭人，雨后常常又现出冷冷的月光，不由人不生出一种悲秋的情怀。你那儿呢？窗外也该换上淡淡的秋景了吧？秋天是怎样地适合故人之情，又怎样地适合银银亮亮的梦啊！

随着风，紫色的浪花翻腾，把一山的秋凉都翻到我的心上来了。我爱这样的季候，只是我感到我爱得这样孤独。

我并非不醉心春天的温柔，我并非不向往夏天的炽热，只是生命应该严肃，应该成熟，应该神圣，就像秋天所给我们的一样——然而，谁懂呢？谁知道呢？谁去欣赏深度呢？

远山在退，遥遥地盘结着平静的黛蓝。而近处的木本珠兰仍香着（香气真是一种权力，可以统辖很大片的土地），溪水从小夹缝里奔窜出来，在原野里写着没有人了解的行书，它是一首小令，曲折而明快，用以描绘纯净的秋光的。

而我的扉页空着，我没有小令，只是我爱秋天，以我全部的虔诚与敬畏。

愿我的生命也是这样的，没有太多绚丽的春花，没有太多飘浮的夏云，没有喧哗，没有旋转着的五彩，只有一片安静纯朴的白色，只有成熟生命的深沉与严肃，只有梦，像一树红枫那样热切殷实的梦。

秋天，这坚硬而明亮的金属季，是我深深爱着的。

魔　季

蓝天打了蜡，在这样的春天，在这样的春天，小树叶儿也都上了——釉彩。世界，忽然显得明朗了。

我沿着草坡往山上走，春草已经长得很浓了。唉，春天老是这样的，一开头，总惯于把自己藏在峭寒和细雨的后面。等真正揭了纱，却又谦逊地为我们迎来了长夏。

山容已经不再是去秋的清瘦了，那白茸茸的菅芒花海也都退潮了。相思树是墨绿的，荷叶桐是浅绿的，新生的竹子是翠绿的，刚冒尖儿的小草是黄绿的。还是那些老树的苍绿，以及藤萝植物的嫩绿，熙熙攘攘地挤满了一山。我慢慢走着，我走在绿之上，我走在绿之间，我走在绿之下。绿在我里，我在绿里。

阳光的酒调得很淡，却很醇，浅浅地斟在每一个杯形的小野花里。到底是一位怎样的君王要举行野宴？何必把每个角落都布置得这样豪华雅致呢？让走过的人都不免自觉寒酸了。

那片大树下的厚毡是我们坐过的，在那年春天。今天我走过的时候，它的柔软仍似当年，它的鲜绿仍似当年，甚至连织在上面的小野花也都娇美如昔。啊，春天，那甜甜的记忆又回到我的心头来了——其实不是回来，它一直存在着的！我禁不住怯怯地坐下，喜悦的潮音低低地回响着。

清风在细叶间穿梭，跟着它一起穿梭的还有蝴蝶。啊，不快乐真是不合理的——在春风这样的旋律里。所有柔嫩的枝叶都被邀舞了，寒窣地响起一片塔夫绸和细纱相擦的衣裙声。四月是音乐季呢！（我们有多久不闻丝竹的声音了？）宽广的音乐台上，响着甜美渺远的木箫，古典的七弦琴，以及纵纵然的小银铃，合奏着繁复而又和谐的曲调。

我们已把窗外的世界遗忘得太久了，我们总喜欢过着四面混凝土的生活。我们久已不能想象那些溪畔草地上执竿的牧羊人以及他们仅避风雨的帐篷。我们同样也久已不能想象那些在垄亩间荷锄的庄稼人，以及他们只足容膝的茅屋。我们不知道脚心触到青草时的恬适，我们不晓得鼻腔遇到花香时的兴奋。真的，我们是怎么会痴骏得那么厉害的！

那边，清澈的山涧流着，许多浅紫、嫩黄的花瓣上下飘浮，像什么呢？我似乎曾经想画过这样一张画——只是，我为什么如此想画呢？是不是因为我的心底也正流着这样一带涧水呢？是不是由于那其中也正轻搅着一些美丽虚幻的往事和梦境呢？啊，我是怎样珍惜着这些花瓣啊，我是多么想掬起一把来作为今早的晨餐啊！

忽然，走来一个小女孩。如果不是我看过她，在这样薄雾未散尽、阳光诡谲闪烁的时分，我真要把她当作一个小精灵呢！她慢慢地走着，好一个小山居者，连步履也都出奇的舒缓了。她有一种天生的属于山野的纯朴气质，使人不由己地想逗她说几句话。

“你怎么不上学呢？凯凯。”

“老师说，今天不上学，”她慢条斯理地说，“老师说，今天是春天，不用上学。”

啊，春天！噢！我想她说的该是春假，但这又是多么美的语误啊！春天我们该到另一所学校去念书的。去念一册册的山，一行行的水。去速记风的演讲，又计数骤云的变化。真的，我们的学校少开了许多的学分，少聘了许多的教授。我们还有许多值得学习的，我们还有太多应该效法的，真的呢，春天绝不该想鸡兔同笼，春天也不该背盎格鲁撒克逊人的土语，春天更不该收集越南情势的资料卡。春天春天，春天来的时候，我们真该学一学鸟儿，站在最高的枝杈上，抖开翅膀来，晒晒我们潮湿已久的羽毛。

那小小的红衣山居者很好奇地望着我，稍微带着一些打趣的神情。

我想跟她说些话，却又不知道该讲些什么。终于没有说——我想所有我能教她的，大概春天都已经教过她了。

慢慢地，她俯下身去，探手入溪。花瓣便从她的指间闲散地流开去。她的颊边忽然漾开一种奇异的微笑，简单的、欢欣的，却又是不可捉摸的笑。我又忍不住叫了她一声——我实在仍然怀疑她是笔记小说里的青衣小童。（也许她穿旧了那袭青衣，偶然换上这件红的吧！）我轻轻地摸着她头上的蝴蝶结。

“凯凯。”

“嗯？”

“你在干什么？”

“我，”她踌躇了一下，茫然地说，“我没干什么呀！”

多色的花瓣仍然在多声的涧水中淌过，在她肥肥白白的小手旁边乱旋。忽然，她把手一握，小拳头里握着几片花瓣。她高兴地站起身来，将花瓣往小小红裙里一兜，便哼着不成腔的调儿走开了。

我的心像是被什么击了一下，她是谁呢？是小凯凯吗？还是春花的精灵呢？抑或，是多年前那个我自己的重现呢？在江南的那个环山的小城里，不也住过一个穿红衣服的小女孩吗？在春天的时候她不是也爱坐在矮矮的断墙上，望着远远的蓝天而沉思吗？她不是也爱去采花吗？爬在树上，弄得满头满脸的都是乱扑扑的桃花瓣儿。等回到家，又总被母亲从衣领里抖出一大把柔柔嫩嫩的粉红。她不是也爱水吗？她不是一直梦想着要钓一尾金色的鱼吗？（可是从来不晓得要用钓钩和钓饵。）每次从学校回来，就到池边去张望那根细细的竹竿。俯下身去，什么也没有——除了那张又圆又憨的小脸。啊，那个孩子呢？那个躺在小溪边打滚、直揉得小裙子上全是草汁的孩子呢？她隐藏到什么地方去了呢？

在那边，那一带疏疏的树荫里，几只毛茸茸的小羊在啮草，较大的那只母羊很安详地躺着。我站得很远，心里想着如果能摸摸那羊毛该多么好。它们吃着，嬉戏着，笨拙地上下跳跃着。啊，春天，什么都是活泼泼的，都是喜洋洋的，都是嫩嫩的，都是茸茸的，都是叫人喜欢得不知怎么是好的。

稍往前走几步，慢慢进入一带浓烈的花香。暖融融的空气里加调上这样的花香真是很醉人的。我走过去，在那很陡的斜坡上，不知什么人种了一株栀子花。树很矮，花却开得极璀璨，白莹莹的一片，连树叶都几乎被遮光了，像一列可以采摘的六角形星子，闪烁着清浅的眼波。这样小小的一棵树，我想，她是拼尽了怎样的气力才绽出这样的一树春华呢？四下里很静，连春风都被甜得腻住了——我忽然发现自己已经站了很久，哦，我莫不是也被腻住了吧！

酢浆草软软地在地上摊开，浑朴、茂盛，那气势竟把整个山顶压住了。那种愉快的水红色，映得我的脸都不自觉地热起来了！

山下，小溪蜿蜒。从高处俯视下去，阳光的小镜子在溪面上打着明晃晃的信号。啊，春天多叫人迷惘啊！它究竟是怎么回事呢？是谁负责管理这最初的一季呢？他想来应该是一个神奇的魔术师了，当他的魔术棒一招，整个地球便美妙地缩小了，缩成一束花球，缩成一方小小的音乐匣子。他把色与光给了世界，把爱与笑给了人类。啊，春天，这样的魔术季！

小溪比冬天涨高了，远远看去，那个负薪者正慢慢地涉溪而过。啊，走在春水里又是怎样的滋味呢？或许那时候会恍然以为自己是一条鱼吧？想来做一个樵夫真是很幸福的，肩上挑着的是松香，（或许还夹杂着些山花野草吧！）脚下踏的是碧色玻璃，（并且是最温软的、最明媚的一种。）身上的灰布衣任山风去刺绣，脚下的破草鞋任野花去穿缀。嗯，做一个樵夫真是很叫人嫉妒的。

而我，我没有溪水可涉，只有大片大片的绿罗裙一般的芳草，横生在我面前。我雀跃着，跳过青色的席梦思。山下阳光如潮，整个城市都沉浸在春里了。我遂想起我自己的那扇红门，在四月的阳光里，想必正焕发着红玛瑙的色彩吧！

他在窗前坐着，膝上放着一本布瑞克的《国际法案》，看见我便迎了过来。我几乎不能相信，我们已在一个屋顶下生活了一百多个日子。恍惚之间，我只觉得这儿仍是我们共同读书的校园。而此刻，正是含着惊喜在楼梯转角处偶然相逢的一刹那。不是吗？他的目光如昔，他的声音如昔，我怎能不误认时空呢？尤其在这样熟悉的春天，这样富于传奇气氛的魔术季。

前庭里，榕树抽着纤细的小芽儿。许多不知名的小黄花正摇曳着，像一串晶莹透明的梦。还有古雅的蕨草，也善意地沿着墙角一路滚着蕾丝花边。啊，什么时候我们的前庭竟变成一列窄窄的植物画廊了。

我走进屋里，扭亮台灯，四下便烘起一片熟杏的颜色。夜已微凉，空气中沁着一些凄迷的幽香。我从书里翻出那朵栀子花，是早晨自山间采来的，我小心地把它夹入厚厚的大字典里。

“是什么？好香，一朵花吗？”

“可以说是一朵花吧，”我迟疑了一下，“而事实上是一九六五年的春天——我们所共同盼来的第一个春天。”

我感到我的手被一只大而温热的手握住，我知道，他要对我讲什么话了。

远处的鸟啼错杂地传过来，那声音纷落在我们的小屋里，四下遂幻出一种林野的幽深——春天该是很浓了，我想。

戈壁行脚

大漠，即大沙漠，蒙古语曰额伦，满洲语曰戈壁，广漠无垠，浩瀚如海，古亦称为瀚海。

——中文大辞典

1

“你说，我们是不是疯了？”慕蓉转脸问我，当时车窗外约五百公尺的地方正跑过一群蒙古黄羊，蹄子上仿佛一一长了翅膀，飞快，“顶着这七月中旬正午的大太阳，我们居然跑到这南戈壁的碎石滩上来。”

“对，我们是疯了！”我回答她，眼睛仍不离那上百只的野生黄羊。据说他们有四十万头。

“在蒙古草原旅行看到黄羊，是表示幸运！”有人向我们解释。

“可是，”有人抗议，“刚才一大早看到两只灰鹤的时候，你不是也这么说的吗？请问有没有什么动物看到了是不顺的？”

解说的人一时语塞，不知怎么接话——我很想替他回答：在蒙古，只要碰见的不是老虎、熊和豹、蛇那些会伤人的动物就都是幸运的。这块土地比台湾大五十倍，人口却只有我们的十分之一，尤其在南戈壁，车行五六小时却不见一人并不稀奇。因此，如果碰到驯良的生物，应该都叫幸运。

黄羊屁股上一圈白，很像小鹿。我起先看它们飞奔，以为它们在躲避汽车。后来看它们跑过了汽车还一直跑个不停，才觉得它们是有点起哄好玩的意思，也许它们正在争相传告：“今天一定幸运，因为碰上了一辆汽车。”

那批黄羊大概也疯了——乐疯了。

2

“一川碎石大如斗”，唐人的诗是这样说的。

以前总以为诗人夸张，此刻站在碎石滩上，才知道，事情其实是可能的。此地的碎石仅仅“大如拳”，也许是经过一千二百年的风霜雨露，它们纷纷解体了吧？

这样的碎石滩渺远孤绝，四顾茫然若失，人往大地上一站，只觉自己也成了满地碎石里的一块，凝固、硬挺，在干和热里不断消减成高密度的物质。

沙海终于到了。

我会溺死——若我在亿载之前来。方其时也，这里正是海底，珊瑚正在敷彩，年轻的三叶虫正在轻轻试划自己的肢体。而我会溺死于那片黛蓝，若我来，在亿载之前。

而此刻，在同一坐标，我会干涸而死。若我再枯晒一天，背包里只有一瓶水，一包杏脯和几片饼干。只要我在此站上一天，我就会永远站在这里了。

沙上冷不防会冒出一二具动物的尸体，不知怎么死的？是因为老病或负伤？是由于殴斗或饥饿？看来它们都一样了，安静地侧卧着，和黄沙同色——一半已埋在沙下，只等待下一场风暴把它们掩埋得更深更不落形迹。

生活过、奔驰过、四顾茫然过，在偶雨时欢欣若狂过——这就是那具骆驼或那具马尸的一生吧？不，这就是一切有情有识的生物的一生吧？

死亡从四面八方虎视眈眈地逼视着这片土地，逼视着我向大化借来的这微贱如蚁的生命——可是，就在这水滴下来都会嗤一声冒起白烟的沙海上，居然还长得出一丛丛卧在地上的小灌木。灌木上还结着小浆果，浆果粒大如黄豆，揉开来是黏稠的汁液，令人迷惑不知所解。仿佛有什么魔法师用幻术养出了这批植物。

风吹来，在沙海，我在沙纹间重绘亿万年前波浪的线条，在风声中复习亿万年前涛声的节拍。望着自己明日即会消失的脚迹，感到这卑微的生存和巨大无常间不成比例的抗衡。

沙海上有一块刺猬的皮，C 把它捡起来——那小动物的身体已不知何处去了，却只在一丛小灌木前留下那片芒刺戟张的皮。肉体已经消蚀尽了。那护卫着柔弱肉体的尖锐芒刺却空自糊里糊涂地继续执行任务。如出鞘之剑，森森寒芒，不知要向何方劈刺。

我原以为 C 捡拾那片刺猬皮是随捡随丢的，却不料他竟拎回去了。我很愕然，呆呆瞪着那密密麻麻的刺，觉得有什么东西穿心而过。

3

我们躺在临时搭成的蒙古包里。那时，已近午夜两点。

包有一个拱顶，圆圆的，像罗马城的“万神祠”大教堂。那教堂的圆顶大剌剌地开着个大洞，伸手就可以擒来云之白与天之蓝，连飞鸟与天风也是招之即来，挥之即去。那万神祠对我而言远比圣彼得大教堂华美庄严。

而这蒙古包的顶也有一半是开向天空的。

尘沙上有一张薄褥，我就躺在那上面。仰头看天，天上有几粒星，刚好从那半圆形的天窗洒下，因为洞小，容不得满天星斗，但也因为只有那几粒，仿佛分外暗含无穷天机。

如果我能再多清醒一会，我就会看到小洞里的星光如何移位。我就能看到时光诡秘的行踪。然而，我睡去了，我无法偷窥一部时光的演义——反而，在暴露的半圆小穴里，我容整张大漠的天空俯视着我的睡容，且让每一颗经过的星星在窥视时轻轻传呼着："看啊，那女子和我们一样，她正一个时辰一个时辰地老去。一如我们，有一天一觉醒来，我们都将烟消云散，恰如那一夜拔营的蒙古包，不留一丝痕迹。"

我睡去，在不知名的大漠上，在不知名的朋友为我们搭成的蒙古包里。在一日急驰，累得倒地即可睡去的时刻。我睡去，无异于一只羊，一匹马，一头骆驼，一株草。我睡去，没有角色，没有头衔，没有爱憎，只是某种简单的沙漠生物，一时尚未命名。我沉沉睡去。

4

"这是阿尔泰山。"她简单地说。

"阿尔泰山。"我简单地重复。

好像没有什么可说的，对，这就是阿尔泰山天山的北支。李白的诗啊！明月出天山，苍茫云海间。它当然是，它一直就在那里，它一直就是。

我读过它的名字，在小学的教科书里，对我来说，它和"地球是圆的""1+1=2"都属于童年时代牢不可破的真理的一部分。此时见它，只觉是地理书页里少掉的一页插图，现在又补上了，一切是如此顺理成章。

而这插图却一直展现在车子的正前方，我要怎么办呢？它如此美丽、安然而又不动声色。你的眼睛无法移开，因为广大的荒漠中再没有什么其他的视线焦点了。其实它并不抢眼，像古代恐龙一列长长的背脊，而龙正低头吃草，不想惊人，也不想被惊。四野亦因而凝静如太古。

阿尔泰山。我不知该怎么办。

我若能挥鞭纵马，直攀峰头；我若能逐草而居，驱羊到溪涧中去痛饮甘泉；我若能手拨马头琴，讲述悠古的战史；我若能身披绫罗绸缎去卖给四方好颜色的女子……是的，我若是草原上的战士、牧人、行吟诗人或商贾，则阿尔泰山于我便如沙地的长枕，可以狎热亲腻。但我不是，我是必须离去的过客。

终于我们下了车，去走“约珥峡谷”。七月的山色如江南荷田，那绿色是上天一时的恩旨，所以格外矜贵。野花蔓开，使人不禁羡慕山径上的地鼠，它们把每个小山丘都钻满了洞穴，探头探脑，来看这一夏好景。

山沟的水慢悠悠地流过。

敖包立在路旁，是一堆碎石头叠成的一人高的小丘。

“经过敖包，骑者必须下马，行者必须驻足，顺时针方向绕一圈，然后前行。而且，不要忘了为敖包加一块石头。”

“蒙古人只记得他们是从大兴安岭上下来的，所以到了草原，他们还是想垒个小石堆来思念一下。敖包上方有时会插上许多根树枝，那是象征大兴安岭上的森林。”

原来，一个人在堆敖包的时候，他正肩负着整个民族的记忆！一只砂雁飞起，羽色如砂，倏忽间消失了。

一路行来，我一直问自己一个问题：“这块土地，究竟是属于谁的？”然而此刻，我忽然明白，“不，土地不属人类，不要问它属于谁，该问‘谁属于它’，黄羊属它，灰鹤属它，砂雁属它，天鹰属它，地鼠属它，牧民属它，如果我爱它，我也属它……”

5

人在峡谷里走，左颊是山，右眉是山，两者仿佛立刻都要擦撞过来，不免惊心动魄。脚下又每是野花，走起路来就有点蹦蹦跳跳的意味，怕踩坏了一路芳华。生命在极旺盛极茂美之际也每每正是最堪痛惜的时分。

想起昨天在戈壁博物馆里看一只“银龙笛”，笛子镶银，银子打造成龙的形状，但整个笛身却是由一根腿胫骨削成的。

“这是一根十八岁女子的腿胫骨。”解说员说。

“为什么单单要用十八岁女子的腿胫骨？”我问。

“因为，十八岁就死去的女子，腿胫骨的声音最好听。”那解说员回答得斩钉截铁。她是一个大眼睛的女子，她回答的时候并无“据闻”“听说”等缓冲词，仿佛那腿胫骨的声音是她亲耳所闻。

我把眼睛贴在博物馆凉凉的玻璃上，看那致密呈象牙色的骨管。十八岁女子的腿骨又如何呢？从科学上说，十八岁女子是不致骨质疏松的，但这一定不是真正的理由，真正的理由是——我走开去，一直想。

而此刻在七月的阿尔泰山山麓，在野花如毡的约珥山谷，我仍在想，那管属于十八岁女子银龙笛的音色。我想那声音中必然有清扬和呜咽，有委曲和畅直，有对生命的迟疑和试探，也有情不得已的割舍和留恋——是这一切令人想起十八岁的女子，是某个年代草原上某些牧人对某个女子骤然逝去深感不舍吧？他们于是着手把她装饰成一截永恒的回音。

峡谷如甬道，算不算一管箫笛呢？流泉淙淙，算不算“阳春白雪”之音呢？我行其间，算不算知音之人呢？峡谷深处竟是幽幽玄冰，千年相积而不化，想此冰当年曾见铁木真的铁骑，铁木真却不能重睹今夕这莹蓝晶闪的冰雪之眸了。六十五岁，大汗天子在围猎野马时从坐骑上摔下，从此他自这漠漠草原上消失。而积冰却千年万年，在山谷的曲径深处放其幽幽的蓝光。牦牛在吃草，地鼠作其鼠窜，溪在流，阿尔泰山（原文系“有金之山”）仍然炫耀着夕阳的赤金，“杭盖”（原文指有山有水之处）仍然很“杭盖”。这一切，好得不能再好。七点了，天仍蓝，云仍白，不安的砂雁仍飞来飞去想找一个更安全的草丛，草原上的夏天有用不完的精力，即使到九点钟，亦仍有堂堂皇皇的天光。

6

第一天，黄昏微雨，戈壁上出现了长虹——那样绝对的平面加上绝对圆弧，几何上最简单却又最慑人的美。而我没有带照相机，于是稍稍有些后悔。第二天，没有雨，因此有艳丽的夕阳，于是，我又有些后悔。

但是我还是坚持不带相机，对环保而言，照相多少是一项污染。如果真有艺术杰作，或者可以稍稍弥过。但我又是个极端蹩脚的摄影人，不如去借别人的来加洗。何况我一向啰唆，旅行起来，连咖啡都带着，能勒令自己少受相机的打扰也总是好事。

由于没有照相机，我也许只能记得很少，我也许会忘记很多。但我已明白，如果我会忘记，那么，就让能记住的被记住，该遗忘的被遗忘。人生在世，也只能如此了。

夕阳仍浮在山上，我们傻傻地坐在草地上，连一向拍照最忙碌的H也安详地抱膝而坐。

“快拍呀！”有人催他。

“不，不要拍夕阳，”他神秘一笑，“我干过太多次这种事了。每次看到夕阳漂亮就拍，拍出来，却不怎么样。下一次，又看到，又拍，洗出来，还是不怎么样……现在，不拍了！”

他一副“上当多了”的表情，我忽然不后悔了，了解真正碰到大美景的时候，有相机在手跟没相机在手一样无助。

“总不能什么好东西都被你拍光了！”我的语气仿佛有点幸灾乐祸似的，“上帝总还要留一两招是你没办法的！”

7

我对歌者布鲁博·道尔济说：

“给我们唱一首歌吧！”那时候我们的车子正驰向归途，夕阳尚衔在山间，“给我们唱一首跟马有关的歌，好吗？”

“啊！蒙古的歌有一半都跟马有关呢！”

我从没想到，原来只打算提他一下，好让他比较容易选一首歌，不料竟有一半的歌都和马有关。

道尔济是文化协会派来与我们同行的，他办起事来阴错阳差，天昏地暗，可是他只要一开腔唱歌，我们就立刻原谅了他。他使我们了解什么是“大漠之音”。和西南民族比较，西南民族是“山之音”，其声仄逼直行，细致凄婉。草原之音却亮烈宏阔。欢怀处如万马齐鸣，哀婉时则是白杨悲风。

“你们是两条腿走来的，”歌手说，“所以也要学会两首蒙古歌带回去。”

奇怪的逻辑，但我们都努力地跟他学会了一首情歌。

车在草原上疾驰，也算是一种马吧。布鲁博·道尔济真的唱了一首骏马的歌，新月如眉，俯视着大草原。

我把整个头都伸向车外，仰看各就各位的星光，有人警告说：“不可将头手伸出车外。”

怕什么呢？整个南戈壁千里万里的碎石滩上，就只我们一辆车。没有电线杆、没有路、没有人，这伸出来的头颅唯一会撞上的东西只是夹着草香的清风罢了。

8

他们在溪畔生了火。我们到达的时候只见他们不断地找些拳头大的溪石来烤。烤到石头开始发红，他们就在一个密封的锅子里丢了一层羊肉块加一层石头。再一层羊肉，再一层石头。然后锅子密封，放在余火上，大家微微摇动那锅，好让锅里的石头不断去烫肉，大约半小时吧，肉就熟了。

开了锅，先把石头夹出，石头先遭火烤，又被羊肉汤浸，弄得乌黑油亮的，每人发一块，放在手心里，因为烫，只好在左右手之间抛来丢去，据说这是活血的，于身体大有好处。戏罢石头才开始吃肉。肉锅旁还有一桶溪水煮的粗茶，倒也消渴。大伙儿就大碗茶大块肉地吃起来。

前两天，宴客的桌上有一瓶法国白葡萄酒，当时大家都被极烈性的伏特加镇住了，C眼尖，叫我把这瓶葡萄酒留着。此刻拿来泡在溪水里，不一会就冷沁入脾了。当时靠着山壁还铺着一张大被子，大约是六英尺乘十五英尺吧！其实不是被子，是蒙古包外围的围毡。大家或坐或倒，喝一口半口葡萄酒，吃刚刚宰杀、刚刚焢熟的蒙古种土羊（蒙人亦认为“洋种羊”较腥膻），这种大尾羊极其纯正鲜美。溪水在峡谷间流，云则在峡谷上飘，世上也竟有这种好日子。

“这是成吉思汗餐，”当地人解释，“成吉思汗出征前都是这样吃的。”

其实用这种热石头来烫热的煮法跟台湾乡间“焢番薯”的道理相近，出征前这样吃倒是对的，行军伙食总以简便实惠为上。

此刻我们并不要出征，却也享尽美福，不禁愧然——然而生命中的好事都是在惶愧中承受的吧？我没有开天辟地，我没有凿一条溪或种一朵野花，我不曾喂一头羊酿一瓶酒，却能一一拥有，人在大化前，在人世的种种情分前也只有死皮赖脸去承恩罢了。

啊！不知道生命本身算不算一场光荣的出征？不知道和岁月且杀且走边缠边打算不算一种悲激的巷战？与时间角力，和永恒徒手肉搏，算来都注定要伤痕累累的。如果这样看，则大英雄出征前这一锅犒军的“贺尔贺德”（指带汁焢肉），我或者也有资格猛喝一口白酒而大嚼一番吧？

荣花女

——阿芙蓉花的神话

很久很久以前，有一个女子，名叫荣花女。

世间所有的女子里，再也没有一个女子同她一样美丽。天上的仙女见了她都会把头低下，地下的百花远远看见她也都转过脸去，不敢跟她相比。

荣花女嫁了丈夫，她的丈夫便不肯再去田里耕作。

早晨，荣花女洗脸，他就在一旁呆呆看她的脸，看来看去也看不足。

荣花女梳头，他就呆呆地看她的头发，看来看去也看不足。

荣花女穿衣，他又呆呆看她的身体，看来看去也看不足。

荣花女回头惊道：

“丈夫啊，你这样一天一天，不肯到田里去工作，怎么行呢？”

她的丈夫说：

“我也想去工作啊，不然我们吃什么呢？可是我的眼睛离不开你啊！我成天看你都看不足，我怎么能到田里去呢？”

荣花女说：

“你去吧，我有办法让你在田里看到我。”荣花女烧木成炭以描发，研花为汁以象颊，画了两张自己的像。一张放在田的西边恍若真的荣花女，一张放在田的东边也恍若真的荣花女。她的丈夫犁田的时候，向东犁，看到远远有荣花女在，向西犁，也看到远远有荣花女在，从此以后，他又高高兴兴天天到田里去了。

忽然有一天，吹起了一阵狂风，荣花女的画像给吹跑了一张，她的丈夫跟在后面追，但风势太大，他追赶不及，那张像就一直吹到皇宫里。

皇帝捡起一看，立刻又喜又怒道：

“世间竟有这样美丽的女子吗？为什么我从来没有见过，她是谁？快把她找到，带来给我。”

皇帝的侍从立刻到各地去搜索，他们访遍各地，终于在田亩上看到另外一张一模一样的画像，并且看到荣花女的丈夫。他们尾随着她的丈夫，终于把荣花女找到。

荣花女不肯跟他们去，但来人不由她分说，便把她劫去。荣花女到了皇宫，但是皇帝的金银珠玉她不肯穿，皇帝的美酒好饭她不肯吃，她说：

“我的丈夫如此爱我，我还要嫁皇帝做什么呢？”

她于是趁人不防，又偷偷逃回家里。

可是皇帝的人马，又来将她掳去。

荣花女知道逃是逃不了的，她非常悲伤，她想：

“世上再没有男子像我丈夫一样爱我了，他现在不知如何伤心，我因美丽，害他如此，活着又有何意思？”

于是荣花女不吃不喝，终于死去。

荣花女的丈夫把她埋了，并且呆呆地坐在坟头守着她，像从前新婚时一样，他不吃不喝也不去工作。

白天他在坟前，夜晚他也在坟前，荣花女的音容笑貌仿佛仍在他眼前，他看来看去也看不足，他想来想去也想不足。

过了二十余日，人人都看出来，他快要死了。

这天晚上，他仍然睡在坟前，在朦胧中，他又见到美丽的荣花女，荣花女说：

“丈夫啊，人死不能复生，你要好好保重，去吃去喝去工作吧！”

荣花女的丈夫悲道：

“可是我离不开你，我在这里比较可以想见你的容貌啊！”

荣花女道：

“你想见我，我有一个办法，明天清早太阳升起时，你注意看我坟上，会开出一朵美丽的花来，花落结子，你就拿刀划开那果子，果子有浆，你把浆吃下，就会见到我了。”

荣花女的丈夫乍然惊醒，才知原来是一梦。

他苦等天亮，不料太阳一现，他果真见到坟上迎风开了一朵血色大红花，世间百花中没有一朵颜色姿容如此美艳的。

过了不久，此花果真花落结子，荣花女的丈夫取刀刺皮，果得浆汁，荣花女的丈夫便把浆汁食下。然后，他等着看荣花女现身。

可是他等了又等，荣花女没有现身。

他再食浆汁，荣花女还是没有现身。

他把浆果刺透，吃了更多的浆汁，仍然看不到荣花女。

更奇怪的是，本来，他在苦想荣花女的时候，还可以恍恍惚惚地看到荣花女，而现在，他连恍惚中也不见荣花女了。

而且，每服浆汁的时候，他的心仿佛伤口在结疤，他也不再想念荣花女了——不想荣花女，使他又活了下来，他心里却觉奇怪：

“我原是为见荣花女才吃浆汁的，现在吃了反而不见她，也不想她了，这是怎么回事啊？”

他想来想去想不通，便顺着花茎往下挖，一挖挖到底，才看见这株花原来是从荣花女的心口里长出来的呀！

他终于明白了，荣花女的一番话虽是骗他的，却是出自真心的好话。荣花女知道丈夫如果一直不忘前情，一定会悲伤而死，所以她把一颗心长成一棵花，让他吃了以后就什么都忘记了。她何尝想让丈夫忘记自己，但是他再不忘记就会死，她也是无可奈何啊！

这便是阿芙蓉花的故事了。

世间不悲伤的人不会想吃阿芙蓉的浆汁，可是那些不赶快忘记悲伤就会死去的人，却只好一直吃那种浆汁了。

后记

这则故事，是我在泰北荒莱中行山路时，从一位白发老妇人那里听来的。初听时倒也没十分注意，不意愈听愈惊动，恍若本来是揭衣戏浅水的，竟而忽然跌入汪洋，怎能不一时挣扎惶急，心血如狂涛。

这是民间流传的鸦片烟由来的故事。但此故事是从中国人抑印度人（鸦片原产地）而来，则为我说故事的人亦不知道。

民俗故事往往就是能如此一针见血，直指心性，把事象中最精微处都说出来了，我记述的时候，尽量保持原叙者质朴的语言。

世有大苦，吾人心之所恋，或成血渊骨岳；吾人情之所钟，每每横遭劫夺。强权凌逼孤弱，人命贱如草芥，无可如何之际，上焉者或以大智慧得自度，中焉者则忽忽如狂，下焉者唯有自酖自溺直至于死。此故事以恕道论天下吸毒之人，其间有悲悯亦有抗议，令人拟想，不知第一个叙说此故事的人，是不是也有其难以言述的大悲痛和难以遏抑的大不平呢？

后后记

荣花女的故事是我三十年前初旅泰北时听来并记下的，现在略作修改、付梓发表。此处，并再补充记录当年那老妇人添述的一段话：

“鸦片，是从荣花女的心头长出来的，不过，从荣花女的阴户里也另长出东西来，那就是香烟的烟叶。这就是为什么直到现在，抽香烟的人抽完了都会去吐一口痰的原因了。”

我当年记述此文时是四十岁，这段情节有点不好意思记下来，便自我查禁了。现在七十岁，觉得写写女体也不算什么，所以又自我解禁了。毕竟，民间故事宜忠实记录，才能存其真。

此外，和关心这故事一样，我也念着那说故事的老妇人。泰北漫漫的黄泥山路上，那天，清风拂面，阳光意外的柔和，老妇斑发却清健，我不认识她，她自己跑来讲故事给我听。她折一枯枝为杖，走路的速度不比我慢，说起话来清晰平静，绝对不戏剧化，她是一个多么好的叙事者啊！她告诉我路边坡地上长的东西叫番麦，我吓一跳，原来云南人（泰北华人多来自云南）叫玉米也跟台语一样叫番麦，可惜当时没有留下她的名字，也不知她还在不在人世。对我而言，她是一个仁慈的天使，她施舍给我一个故事，而一个故事，是多么丰富无穷啊！

丁香方盛处

长夏漫漫，我的朋友去了远方——我也是，我们轮流在对方的生活领域中缺席。

她不在，我当然也活得好端端的，却总觉得生活里缺了一角。其实她在这个城市的时候，我们往往一个月才通一次电话，这种交情，岂止是“淡如水”，简直是淡如清风，淡如气流——但它却仍是有其力道的。

终于，她回来了，我也回来了，她兴奋地跟我说起远方的诗人之聚：

“哎，大会进行到后来，出现了一位俄国小老头，（唉，我想，这俄国诗人，要活过二十世纪，可也不容易啊！他的名字叫库什涅尔·亚历山大。）他一开始朗诵自己的作品，我就立刻迷上他，这一趟行程真是太值得了！那诗人是这样念的：

在丁香花盛开的时候
美丽的树影投在地面
树下，铺上一张桌子

此时此刻，对于幸福
你还能再作什么更多的要求呢？

我听了，立刻技痒，当晚就将之转译成旧体诗，正确地说，是貌似旧体却又不太守规矩的旧体：

丁香方盛处
清影泻地时
隐[1]几花下坐
此心复何期

旧体诗其实颇有毛病，不管你是哪国人、哪族语，一经翻译成旧体，就都成了老中在讲华语，立刻失去了生鲜的异国情趣。但我却又觉得，非如此不能成其节奏和韵律——虽然，我也有点小小不老实（如“泻地”，是原作者不可能用的），而且，我也只节译了一段。

翻译者常如代理孕母——但跟真的代理孕母不同，身为代理孕母，放在子宫里的是人家的“受精卵”，而翻译者拿到的却是人家已经生出来的“活孩子”。翻译者要硬生生地把孩子塞回产道再生一次……不过，无论如何，代理孕母也分享了一些创造的喜悦。

① 这个“隐”，不解作“隐居”或“隐藏”的“隐”，是指“依凭”，作者在另行诗中有“依桌而坐”之句。

我想，我有权利，为我自己一人，来做一次供我个人阅读的翻译。虽然，我不懂俄文，但我多么想用我自己的腔调，去体会俄国雪原上春暖花开时的喜悦和感悟——我用的是百年前林琴南（林纾）式的翻译法，他并不认识任何一种外国文字，却胆敢靠别人转述而译了英国的、法国的、意大利的、西班牙的……作品，而且居然极受读者欢迎。

以前，我没见过丁香花，以后，也未必有机会见到。但不知为什么，却也不觉遗憾。生命中有许多好东西知道它在那里，或，曾在那里——就好了。难道你会因为没见过唐朝美女杨贵妃而悲伤遗憾吗？我既然见过桃花、梅花、梨花、杏花和橘子花、柚子花、樱花、紫荆花、桐花、杜鹃花、油菜花、流苏花……那么，尚未见过丁香也算不得不幸福。

旧诗词常喜欢把“时”“空”因素加在一起而自成新情境，如：

杜甫的“竹深留客处，荷净纳凉时”；

邵康节的“月到天心处，风来水面时”；

陆游的“十里溪山最佳处，一年寒暖适中时”；

史达祖的“临断岸，新绿生时，是落红，带愁流处”。

我也沿袭这种美学而译其句为：

丁香方盛处
清影泻地时

在“这个时刻”、在“这个地点”、加上“这个我”，不就正是种种交集悲欣的场域吗？些许激越，些许不悔，些许低回，些许凄凉，些许没理由的昂扬自恣……

总之，愿丁香花——或任何花——年年岁岁，花盛如斯。

肉体有千万种受难的形态

我因事去找一位医生，那天我自己并不看病，便坐在诊疗室里等他看完最后几个病人。

进来一个六十岁左右的妇人。

“哪里不舒服？”医生不怒自威。

妇人蹙着眉，诉起苦来：

“早上起来，这膀子呀，说不出的不舒服——”

医生捏捏她的肩臂。

“痛不痛？”

“不痛。”

“酸不酸？”

“不酸。”

“又不痛，又不酸——那你来看什么？”

“我——”妇人一时语塞。

我听得发急，这医生并不是坏人，但他的词汇怎么就这么贫乏呢？难道人的身体不会发生酸痛以外的不舒服吗？

我忍不住插嘴：

“是不是，僵——？”

妇人高兴起来：“啊！对，就是‘僵’！早上起来，整个膀子都‘僵’！”

医生低头去画了些字，大概在开药吧？我不好意思再多说什么，我当时心中其实很想多叮咛他几句，我想说：

“医生啊！你知道你在干什么吗？你在‘医’人啊！

“而‘人’又是个多么复杂精致的生物，这种生物不是每一个都能把自己整顿出条理来的，不是每一个都能把自己分析得头头是道的。他们是迷乱的，颠倒的，词不达意的，他们并不确实知道自己在干些什么，他们到医院来，他们是前来求救的，然而他们说不清楚——生命里巨大的事物谁又说得清楚？

“在这一桩桩病情申诉里面，充满肉体无辜的冤情，医生有时也是法官吧？某妻子的肺癌是一部她丈夫的抽烟史，某老父的十二指肠溃疡是缘于独子的一场车祸。他们来看病，其实也是来看他们生命里的悲情，诊疗室有如神父据守的神龛，可以听尽天下苍生的谶词和申诉。

“因此，医生啊，能否让自己的语言再精致一点，再丰富一点，再准确一点，再推敲仔细一点——要知道，你和病人共同形容的，是一个活生生的生命啊！”

在既不酸又不痛之外，医生啊！肉体还有千万种受难的形态都等待申诉呢！

你不能要求简单的答案[①]

年轻人啊，你问我说："你是怎样学会写作的？"

我说："你的问题不对，我还没有'学会'写作，我仍然在'学'写作。"

你让步了，说："好吧，请告诉我，你是怎么学写作的？"

这一次，你的问题没有错误，我的答案却仍然迟迟不知如何出手，并非我自秘不宣——但是，请想一想，如果你去问一位老兵："请告诉我，你是如何学打仗的？"

——请相信我，你所能获致的答案绝对和"驾车十要"或"电脑入门"不同。有些事无法作简单的回答，一个老兵之所以成为老兵，故事很可能要从他十三岁那年和弟弟一齐用门板扛着被日本人炸死的爹娘去埋葬开始，那里有其一生的悲愤郁结，有整个中国近代史的沉痛、伟大和荒谬。不，你不能要求简单的答案，你不能要一个老兵用明白扼要的字眼在你的问卷

① 这世上没有什么不是一生一世的，要做英雄、要做学者、要做诗人、要做情人，所要付出的代价不妥不少，只是一生一世，只是生死以之。

上做填充题，他不回答则已，如果回答，就必须连着他的一生的故事。你必须同时知道他全身的伤疤，知道他的胃溃疡，知道他五十年来朝朝暮暮的豪情与酸楚……

年轻人啊，你真要问我跟写作有关的事吗？我要说的也是：除非，我不回答你，要回答，其实也不免要夹上一生啊（虽然一生并未过完）！一生的受苦和欢悦，一生的痴意和决绝忍情，一生的有所得和有所舍。写作这件事无从简单回答，你等于要求我向你述说一生。

两岁半，年轻的五姨教我唱歌，唱着唱着，就哭了，那歌词是这样的："小白菜呀，地里黄呀，三岁两岁，没有娘呀……生个弟弟，比我强呀，弟弟吃面，我喝汤呀……"

我平日少哭，一哭不免惊动妈妈，五姨也慌了，两人追问之下，我哽咽地说出原因："好可怜啊，那小白菜，晚娘只给她喝汤，喝汤怎么能喝饱呢？"

这事后来成为家族笑话，常常被母亲拿来复述，我当日大概因为小，对孤儿处境不甚了然，同情的重点全在"弟弟吃面她喝汤"的层面上，但就这一点，后来我细想之下，才发现已是"写作人"的根本。人人岂能皆成孤儿而后写孤儿？听孤儿的故事，便放声而哭的孩子，也许是比较可以执笔的吧。我当日尚无弟妹，在家中骄宠恣纵，就算逃难，也绝对不肯坐入挑箧。挑箧因一位挑夫可挑前后两箩筐，所以比较便宜。千山迢递，我却只肯坐两人合抬的轿子，也算是一个不乖的小孩了。

日后没有变坏，大概全靠那点善于与人认同的性格。所谓“常抱心头一点春，须知世上苦人多”的心情，恐怕是比学问、见解更为重要的，人之所以为人的本源。当然它也同时是写作的本源。

七岁，到了柳州，便在那里读小学三年级。读了些什么，一概忘了，只记得那是一座多山多水的城，好吃的柚子堆在桥的两侧卖。桥在河上，河在美丽的土地上。整个逃离的途程竟像一场旅行。听爸爸一面算计一面说：“你已经走了大半个中国啦，从前的人，一生一世也走不了这许多路的。”小小年纪当时心中也不免陡生豪情侠义。火车在山间蜿蜒，血红的山踯躅开得满眼，小站上有人用小沙甑焖了香肠饭在卖，好吃得令人一世难忘。整个中国的大苦难我并不了然，知道的只是火车穿花而行，轮船破碧疾走，一路懵懵懂懂南行到广州，仿佛也只为到水畔去看珠江大桥，到中山公园去看大象和成天降下祥云千朵的木棉树……

那一番大波迁有多少生离死别，我却因幼小只见山河的壮阔，千里万里的异风异俗，某一夜的山月，某一春的桃林，某一女孩的歌声，某一城垛的黄昏，大人在忧思中不及一见的景致，我却一一铭记在心，乃至一饭一蔬一果，竟也多半不忘。古老民间传说中的天机，每每为童子见到，大约就是因为大人易为思虑所蔽。我当日因为浑然无知，反而直窥入山水的一片清机。山水至今仍是那一砚浓色的墨汁，常容我的笔有所汲饮。

小学三年级，写日记是一件很痛苦的回忆。用毛笔，握紧了写（因为母亲常绕到我背后偷抽毛笔，如果被抽走了，就算握笔不牢，不合格），七岁的我，哪有什么可写的情节，只好对着墨盒把自己的日子从早到晚一遍遍地再想过。其实，等我长大，真的执笔为文，才发现所写的散文，基本上也类乎日记。也许不是“日记”而是“生记”，是一生的记录。一般的人，只有幸“活一生”，而创作的人，却能“活二生”。第一度的生活是生活本身；第二度则是运用思想再追回它一遍，强迫它复现一遍。萎谢的花不能再艳，磨成粉的石头不能重坚，写作者却能像呼唤亡魂一般把既往的生命唤回，让它有第二次的演出机缘。人类创造文学，想来，目的也即在此吧？我觉得写作是一种无限丰盈的事业，仿佛别人的卷筒里填塞的是一份冰激凌，而我的，是双份，是假日里买一送一的双份冰激凌，丰盈满溢。

也许应该感谢小学老师的，当时为了写日记把日子一寸寸回想再回想的习惯，帮助我有一个内省的深思的人生。而常常偷来抽笔的母亲，也教会我一件事：不握笔则已，要握，就紧紧地握住，对每一个字负责。

八岁以后，日子变得诡异起来，外婆猝死于心脏病。她一向疼我，但我想起她来却只记得她拿一根筷子，一片制钱，用棉花自己捻线来用。外婆从小出身富贵之家，却勤俭得像没隔宿之粮的人。其实五岁那年，我已初识死亡，一向带我的用人因肺炎而死，不知是几“七”，家门口铺上炉灰，等着看他的亡魂回不回来，铺炉灰是为了检查他的脚印。我至今几乎还能记起当时的惧怖以及午夜时分一声声凄厉的狗号。外婆的死，再一次把死亡的剧痛和荒谬呈现给我，我们折着金箔，把它吹成元宝的样子，火光中我不明白一个人为什么可以如此彻底消失了？葬礼的场面奇异诡秘，“死亡”一直是令我恐惧乱怖的主题——我不知该如何面对它？我想，如果没有意识到死亡，人类不会有文学和艺术，我所说的“死亡”，其实是广义的，如即聚即散的白云，旋开旋减的浪花，一张年头鲜艳年尾破败的年画，或是一支心爱的自来水笔，终成破敝。

文学对我而言，一直是那个挽回的“手势”。果真能挽回吗？大概不能吧？但至少那是个依恋的手势，强烈的手势，照中国人的说法，则是个天地鬼神亦不免为之楸然色变的手势。

读五年级的时候，有个陈老师很奇怪地要我们几个同学来组织一个“绿野”文艺社。我说“奇怪”，是因为他不知是有意或无意的，竟然丝毫不拿我们当小孩子看待。他要我们编月刊；要我们在运动会里做记者并印发快报；他要我们写朗诵诗，并且上台表演；他要我们写剧本，而且自导自演。我们在校运会中挂着记者条子跑来跑去的时候，全然忘了自己是个孩子，满以为自己真是个记者了，现在回头去看才觉好笑。我如今也教书，很不容易把学生看作成人，当初陈老师真了不起，他给我们的虽然只是信任而不是赞美，但也够了。我仍记得白底红字的油印刊物印出来之后，我们去一一分派的喜悦。

我间接认识一个名叫安娜的女孩，据说她也爱诗。她要过生日的时候，我打算送她一本《徐志摩诗集》。那一年我初三，零用钱是没有的，钱的来源必须靠“意外”，要买一本十元左右的书因而是件大事。于是我盘算又盘算，决定一物两用。我打算早一个月买来，小心地读，读完了，还可以完好如新地送给她。不料一读之后就舍不得了，而霸占礼物也说不过去，想来想去，只好动手来抄，把喜欢的诗抄下来。这种事，古人常做，复印机发明以后就渐成绝响了。但不可解的是，抄完诗集以后的我整个和抄书以前的我不一样了。把书送掉的时候，我竟然觉得送出去的只是形体，一切的精华早为我所汲取，这以后我欲罢不能地抄起书来，例如：向老师借来的冰心的《寄小读者》，或者其他散文、诗、小说，都小心地抄在活页纸上。感谢贫穷，感谢匮乏，使我懂得珍惜，我至今仍深信最好的文学资源是来自双目也来自腕底。古代僧人每每刺血抄经，刺血也许不必，但一字一句抄写的经验却是不应该被取代的享受。仿佛玩玉的人，光看玉是不够的，还要放在手上抚触，行家叫“盘玉”。中国文字也充满触觉性，必须一个个放在纸上重新描摹——如果可能，加上吟哦会更好，它的听觉和视觉会一时复苏起来，活力弥弥。当此之际，文字如果写的是花，则枝枝叶叶芬芳可攀；如果写的是骏马，则嘶声在耳，鞍辔光鲜，真可一跃而去。我的少年时代没有电视，没有电动玩具，但我反而因此可以看见希腊神话中赛克公主的绝世美貌，黄河冰川上的千古诗魂……

读我能借到的一切书，买我能买到的一切书，抄录我能抄录的一切片段。

刘邦项羽看见秦始皇出游，便跃跃然有“我也能当皇帝”的念头，我只是在看到一篇好诗好文的时候有“让我也试一下”的冲动。这样一来，只有对不起国文老师了。每每放了学，我穿过密生的大树，时而停下来看一眼枝丫间乱跳的松鼠，一直跑到国文老师的宿舍，递上一首新诗或一阕词，然后怀着等待开奖的心情，第二天再去老师那里听讲评。我平生颇有“老师缘”，回想起来皆非我善于撒娇或逢迎，而在于我老是“找老师的麻烦”。我一向是个麻烦特多的孩子，人家两堂作文课写一篇五百字“双十节感言”交差了事，我却抱着本子从上课写到下课，写到放学，写到回家，写到天亮，把一个本子全写完了，写出一篇小说来。老师虽一再被我烦得要死，却也对我终生不忘了。少年之可贵，大约便在于胆敢理直气壮地去麻烦师长，即便有老天爷坐在对面，我也敢连问七八个疑难（经此一番折腾，想来，老天爷也忘不了我），为文之道其实也就是为人之道吧？能坦然求索的人必有所获，那种渴切直言的探求，任谁都要稍稍感动让步的吧？

你在信上问我，老是投稿，而又老是遭人退稿，心都灰了，怎么办？

你知道我想怎样回答你吗？如果此刻你站在我面前，如果你真肯接受，我最诚实最直接的回答便是一阵仰天大笑：“啊！哈——哈——哈——哈——哈！……”

笑什么呢？其实我可以找到不少“现成话”来塞给你作标准答案，诸如“勿气馁”啦、“不懈志”啦、“再接再厉”啦、“失败为成功之母”啦，可是，那不是我想讲的。我想讲的，其实就只是一阵狂笑！

一阵狂笑是笑什么呢？笑你的问题离奇荒谬。

投稿，就该投中吗？天下哪有如此好事？买奖券的人不敢抱怨自己不中，求婚被拒绝的人也不会到处张扬，开工设厂的人也都事先心里有数，这行业是“可能赔也可能赚”的。为什么只有年轻的投稿人理直气壮地要求自己的作品成为铅字？人生的苦难千重，严重得要命的情况也不知要遇上多少次。生意场上、实验室里、外交场合，安详的表面下潜伏着长年的生死之争。每一类的成功者都有其身经百劫的疤痕，而年轻的你却为一篇退稿陷入低潮？

记得大一那年，由于没有钱寄稿（虽然，稿件视同印刷品，可以半价——唉，邮局真够意思，没发表的稿子他们也视同印刷品呢！——可惜我当时连这半价邮费也付不出啊！），于是每天亲自送稿，每天把一番心血交给门口警卫以后便很不好意思地悄悄走开——我说每天，并没有记错，因为少年的心易感，无一事无一物不可记录成文，每天一篇毫不困难。胡适当年责备少年人“无病呻吟”，其实少年在呻吟时未必无病，只因生命资历浅，不知如何把话删削到只剩下“深刻”，遭人退稿也是活该。我每天送稿，因此每天也就可以很准确地收到两天前的退稿，日子竟过得非常有规律起来，投稿和退稿对我而言就像有“动脉”就有“静脉”一般，是合乎自然定律的事情。

那一阵投稿我一无所获——其实，不是这样的，我大有斩获，我学会用无所谓的心情接受退稿。那真是“纯写稿”，连发表不发表也不放在心上。

如果看到几篇稿子回航就令你沮丧消沉——年轻人，请听我张狂的大笑吧！一个怕退稿的人可怎么去面对冲锋陷阵的人生呢？退稿的灾难只是一滴水一粒尘的灾难，人生的灾难才叫排山倒海呢，碰到退稿也要沮丧——快别笑死人了，所以说，对我而言，你问我的问题不算“问题”，只算“笑话”，投稿投不中有什么大不了！如果你连这不算事情的事也发愁，你这一生岂不愁死？

传统中文系的教育很多人视之为写作的毒药，奇怪的是对我而言，它却给了我一些更坚实的基础。文字训诂之学，如果你肯去了解它，其间自有不能不令人动容的中国美学，声韵学亦然。知识本身虽未必有感性，但那份枯索严肃亦如冬日，繁华落尽处自有无限生机。和一些有成就的学者相比，我读的书不算多，但我自信每读一书于我皆有增益。读《论语》，于是我竟有不胜低徊之致；读史书，更觉页页行行都该标上惊叹号。世上既无一本书能教人完全学会写作，也无一本书完全于写作无益。就连看一本滥书，也令我恍然自惕，为文万不可如此骄矜昏昧，不知所云。

有一天，在别人的车尾上看到“独身贵族”四个大字，当下失笑，很想在自己车尾上也标上“已婚平民”四个字。其实，人一结婚，便已堕入平民阶级，一旦生子，几乎成了“贱民”，生活中种种烦琐吃力处，只好一肩担了。平民是难有闲暇的，我因而不能有充裕的写作时间，但我也因而了解升斗小民在庸庸碌碌、乏善可陈生活背后的尊严，我因怀胎和乳养的过程，而能确实怀有“彼亦人子也”的认同态度，我甚至很自然地用一种霸道的母性心情去关爱我们的环境和大地。我人格的成熟是由于我当了母亲，我的写作如果日有臻进，也是基于同样的缘故。

你看，你只问了我一个简单的问题，而我，却为你讲了我的半生。文章千古事，得失寸心知，记得旅行印度的时候，看到有些小女孩在编丝质地毯，解释者说：必须从幼年就学起，这时她们的指头细柔，可以打最细最精致的结子，有些毯子要花掉一个女孩一生的时间呢！文学的编织也是如此一生一世吧？这世上没有什么不是一生一世的，要做英雄、要做学者、要做诗人、要做情人，所要付出的代价不多不少，只是一生一世，只是生死以之。

我，回答了你的问题吗？

给我一个解释

1

后来，就再也没有见过那么美丽的石榴。石榴装在麻包里，由乡下亲戚扛了来。石榴在桌上滚落出来，浑圆艳红，微微有些霜溜过的老涩，轻轻一碰就要爆裂。爆裂以后则恍如什么大盗的私囊，里面紧紧裹着密密实实的、闪烁生光的珠宝粒子。

那时我五岁，住南京，那石榴对我而言是故乡徐州的颜色，一生一世不能忘记。

和石榴一样难忘的是乡亲讲的一个故事，那人口才似乎不好，但故事却令人难忘：

“从前，有对兄弟，哥哥老是会说大话，说多了，也没人肯信了。但他兄弟人好，老是替哥哥打圆场。有一次，他说，‘你们大概从来没有看过刮这么大的风——把我家的井都刮到篱笆外头去啦！’大家不信，弟弟说：‘不错，风真的很大，但不是把井刮到篱笆外头去了，是把篱笆刮到井里头来了！’”

我偏着小头，听这离奇的兄弟，自己也不知道自己被什么所感动。只觉心头甸甸的，跟装满美丽石榴的麻包似的，竟怎么也忘不了那故事里活灵活现的两兄弟。

四十年来家国，八千里地山河，那故事一直尾随我，连同那美丽如神话如魔术的石榴，全是我童年时代好得介乎虚实之间的东西。

四十年后，我才知道，当年感动我的是什么——是那弟弟娓娓的解释，那言语间有委曲、有温柔、有慈怜和悲悯。或者，照儒者的说法，是有恕道。

长大以后，又听到另一个故事，讲的是几个人在联句（或谓其中主角乃清代画家金冬心），为了凑韵脚，有人居然冒出一句："飞来柳絮一片红"的句子。大家面面相觑，不知此人为何如此没常识，天下柳絮当然都是白的，但"白"不押韵，奈何？解围的才子出面了，他为那人在前面凑加了一句，"夕阳返照桃花渡"，那柳絮便立刻红得有道理了。我每想及这样的诗境，便不觉为其中的美感瞠目结舌。三月天，桃花渡口红霞烈山，一时天地皆朱，不知情的柳絮一头栽进去，当然也活该要跟万物红成一气。这样动人的句子，叫人不禁要俯身自视，怕自己也正站在夹岸桃花和落日夕照之间，怕自己的衣襟也不免沾上一片酒红。《圣经》上说："爱心能遮过错。"在我看来，因爱而生的解释才能把事情美满化解。所谓化解不是没有是非，而是超越是非。就算有过错也因那善意的解释而成明矾入井，遂令浊物沉淀，水质复归澄莹。

女儿天性浑厚，有一次，小学的她对我说：

“你每次说五点回家，就会六点回来；说九点回家，结果就会十点回来——我后来想通了，原来你说的是出发的时间，路上一小时你忘了加进去。”

我听了，不知该说什么。我回家晚，并不是因为忘了计算路上的时间，而是因为我生性贪溺，贪读一页书、贪写一段文字、贪一段山色……而小女孩说得如此宽厚，简直是鲍叔牙。两千多年前的鲍叔牙似乎早已拿定主意，无论如何总要把管仲说成好人。两人合伙做生意，管仲多取利润，鲍叔牙说：“他不是贪心——是因为他家穷。”管仲三次做官都给人辞了。鲍叔牙说：“不是他不长进，是他一时运气不好。”管仲打三次仗，每次都败亡逃走，鲍叔牙说：“不要骂他胆小鬼，他是因为家有老母。”鲍叔牙赢了，对于一个永远有本事把你解释成圣人的人，你只好自肃自策，把自己真的变成圣人。

物理学家可以说，给我一个支点，给我一根杠杆，我就可以把地球撬起来——而我说，给我一个解释，我就可以再相信一次人世，我就可以再接纳历史，我就可以义无反顾地拥抱这荒凉的城市。

2

“述而不作”，少年时代不明白孔子何以要做这种没有才气的选择，我却只希望作而不述。但岁月流转，我终于明白，述，就是去悲悯、去认同、去解释。有了好的解释，宇宙为之端正，万物由而含情。一部希腊神话用丰富的想象解释了天地四时和风霜雨露。譬如说朝露，是某位希腊女神的清泪。月桂树，则被解释为阿波罗钟情的女子。

农神的女儿成了地府之神的妻子，天神宙斯裁定她每年可以回娘家六个月。女儿归宁，母亲大悦，土地便春回。女儿一回夫家，立刻草木摇落众芳歇，农神的恩宠也翻脸无情——季节就是这样来的。

而莫考来是平原女神和宙斯的儿子，是风神，他出世第一天便跑到阿波罗的牧场去偷了两头牛来吃（我们中国人叫“白云苍狗”，在希腊人却成了“白云肥牛”）——风神偷牛其实解释了白云经风一吹，便消失无踪的神秘诡异。

神话至少有一半是拿来解释宇宙大化和草木虫鱼的吧？如果人类不是那么偏爱解释，也许根本就不会产生神话。

而在中国，共工与颛顼争帝，怒而触不周之山，在一番“折天柱、绝地维”之后，（是回忆古代的一次大地震吗？）发生了“天倾西北，地陷东南”的局面。天倾西北，所以星星多半滑到那里去了，地陷东南，所以长江黄河便一路向东入海。

而埃及的沙碛上，至今屹立着人面狮身的巨像，中国早期的西王母则“其状如人，豹尾、虎齿，穴处”。女娲也不免“人面蛇身”。这些传说解释起来都透露出人类小小的悲伤，大约古人对自己的“头部”是满意的，至于这副躯体，他们却多少感到自卑。于是最早的器官移植便完成了，他们把人头下面换接了狮子、老虎或蛇鸟什么的。说这些故事的人恐怕是第一批同时为人类的极限自悼，而又为人类的敏慧自豪的人吧？

而钱塘江的狂涛，据说只由于伍子胥那千年难平的憾恨。雅致的斑竹，全是妻子哭亡夫洒下的泪水……

解释，这件事真令我入迷。

3

有一次，走在大英博物馆里看东西，而这大英博物馆，由于是大英帝国全盛时期搜刮来的，几乎无所不藏。书画古玩固然多，连木乃伊也列成军队一般，供人检阅。木乃伊还好，毕竟是密封的，不料走着走着，居然看到一具枯尸，赫然趴在玻璃橱里。浅色的头发，仍连着头皮，头皮绽处，露出白得无辜的头骨。这人还有个奇异的外号叫“姜”，大概兼指他姜黄的肤色，和干皴如姜块的形貌吧！这人当时是采西亚一带的沙葬，热沙和大漠阳光把他封存了四千年，他便如此简单明了地完成了不朽，不必借助事前的金缕玉衣，也不必事后塑起金身——这具尸体，他只是安静地趴在那里，便已不朽，真不可思议。

但对于这具尸体的“屈身葬”，身为汉人，却不免有几分想不通。对汉人来说，“两腿一伸”就是死亡的代用语，死了，当然得直挺挺地躺着才对。及至回国，偶然翻阅一篇人类学的文章，内中提到屈身葬。那段解释不知为何令人落泪，文章里说：“有些民族所以采屈身葬，是因为他们认为死亡而埋入土里，恰如婴儿重归母胎，胎儿既然在子宫中是屈身，人死入土亦当屈身。”我于是想起大英博物馆中那不知名的西亚男子，我想起在兰屿雅美人的葬地里一代代的死者，啊——原来他们都在回归母体。我想起我自己，睡觉时也偏爱“睡如弓”的姿势，冬夜里，尤其喜欢蜷曲如一只虾米的安全感。多亏那篇文章的一番解释，这以后我再看到屈身葬的民族，不会觉得他们“死得离奇”，反而觉得无限亲切——只因他们比我们更像大地慈母的孩子。

4

神话退位以后，科学所做的事仍然还是不断地解释。何以有四季？他们说，因为地球的轴心跟太阳成二十三度半的倾斜，原来地球恰似一侧媚的女子，绝不肯直瞪着看太阳，她只用眼角余光斜斜一扫，便享尽太阳的恩宠。何以有天际垂虹，只因为万千雨珠一一折射了日头的光彩，至于潮汐呢？那是月亮一次次致命的骚扰所引起的亢奋和委顿。还有甜沁的母乳为什么那么准确无误地随着婴儿出世而开始分泌呢？（无论孩子多么早产或晚产）那是落盘以后，自有讯号传回，通知乳腺开始泌乳……科学其实只是一个执拗的孩子，对每一件事物好奇，并且不管死活地一路追问下去……每一项科学提出的答案，我都觉得应该洗手焚香，才能翻开阅读，其间吉光片羽，在在都是天机乍泄。科学提供宇宙间一切天工的高度业务机密，这机密本不该让我们凡夫俗子窥伺知晓，所以我每聆听到一则生物的或生理的科学知识，总觉敬慎凛栗，心悦诚服。

诗人的角色，每每也负责作“歪打正着”式的解释，“何处合成愁？”宋朝的吴文英作了成分分析以后，宣称那是来自“离人心上秋”。东坡也提过“春色三分，二分尘土，一分流水”的解释，说得简直跟数学一样精确。那无可奈何的落花，三分之二归回了大地，三分之一逐水而去。元人小令为某个不爱写信的男子的辩解也煞为有趣：“不是不相思，不是无才思，绕清江，买不得天样纸。”这么寥寥几句，已足令人心醉，试想那人之所以尚未修书，只因觉得必须买到一张跟天一样大的纸才够写他的无限情肠啊！

5

除了神话和诗，红尘素居，诸事碌碌中，更不免需要一番解释了，记得多年前，有次请人到家里屋顶阳台上种一棵树兰，并且事先说好了，不活包退费的。我付了钱，小小的树兰便栽在花圃正中间。一个礼拜以后，它却死了。我对阳台上一片芬芳的期待算是彻底破灭了。

我去找那花匠，他到现场验了树尸，我向他保证自己浇的水既不多也不少，绝对不敢造次。他对着夭折的树苗偏着头呆看了半天，语调悲伤地说：

“可是，太太，它是一棵树呀！树为什么会死，理由多得很呢——譬如说，它原来是朝这方向种的，你把它拔起来，转了一个方向再种，它就可能要死！这有什么办法呢？”

他的话不知触动了我什么，我竟放弃退费的约定，一言不发地让他走了。

大约，忽然之间，他的解释让我同意，树也是一种自主的生命，它可以同时拥有活下去以及不要活下去的权利。虽然也许只是调了一个方向，但它就是无法活下去，不是有的人也是如此吗？我们可以到工厂里去订购一定容量的瓶子，一定尺码的衬衫，生命，却不能容你如此订购的啊！

以后，每次走过别人墙头冒出来的，花香如沸的树兰，微微的失怅里我总想起那花匠悲冷的声音。我想我总是肯同意别人的——只要给我一个好解释。

孩子小的时候，做母亲的糊里糊涂地便已就任了“解释者”的职位。记得小男孩初入幼儿园，穿着粉红色的小围兜来问我，为什么他的围兜是这种颜色。我说：“因为你们正像玫瑰花瓣一样可爱呀！”“那中班为什么就穿蓝兜？”“蓝色是天空的颜色，蓝色又高又亮啊！”“白围兜呢？大班穿白围兜。”“白，就像天上的白云，是很干净很纯洁的意思。”他忽然开心地笑了，表情竟是惊喜，似乎没料到小小围兜里居然藏着那么多的神秘。我也吓了一跳，原来孩子要的只是那么少，只要一番小小的道理，就算信口说的，就够他着迷好几个月了。

十几年过去了，午夜灯下，那小男孩用当年玩积木的手在探索分子的结构。黑白小球结成奇异诡秘的勾连，像一扎紧紧的玫瑰花束，又像一篇布局繁复却条理井然无懈可击的小说。

“这是正十二面烷。”他说，我惊讶这模拟的小球竟如此匀称优雅，黑球代表碳、白球代表氢，二者的盈虚消长便也算物华天宝了。

“这是赫素烯。”

“这是……”

我满心感激，上天何其厚我，那个曾要求我把整个世界一一解释给他听的小男孩，现在居然用他化学方面的专业知识向我解释我所不了解的另一个世界。

如果有一天，我因生命衰竭而向上苍祈求一两年额外加签的岁月，其目的无非是让我回首再看一看这可惊可叹的山川和人世。能多看它们一眼，便能多用悲壮的，虽注定失败却仍不肯放弃的努力再解释它们一次。并且也欣喜地看到人如何用智慧、用言词、用弦管、用丹青、用静穆、用爱，一一对这世界作其圆融的解释。

是的，物理学家可以说，给我一个支点，给我一根杠杆，我就可以把地球举起来——而我说，给我一个解释，我就可以再相信一次人世，我就可以接纳历史，我就可以义无反顾地拥抱这荒凉的城市。

二三事

越来越搞不懂她，所以只好公布她的几件事，随别人去评断了。

一周岁那天母亲举行“抓周”大典，箩筐里放了许多日用品，以小孩第一件抓到手的东西来代表将来会走的路向。这大概是人类发明最早的“婴儿性向测验”吧！不料她不依常规，双手齐下，同时抓到了口红和笔记本，大人说她大约将来既爱调脂弄粉，也爱舞文弄墨——四十年后她再来想想，居然发现好像也大致不差哩，她爱漂亮，也爱笔记本。

而且，更奇怪的是，她竟真是个两手乱抓的人。既要做事业，也要爱情。既要学术，也要文艺。既要灯下课子，也想仗剑天涯。没办法，生来如此。

十几岁的时候，有人发起从军报国，她也报了名。后来，来了个长官，慰勉有加，一人发一张奖状。登记的时候，她说要当海军，办事员说不可，女孩子只能去干校。她非常愤怒，那么蔚蓝的大海，那么雪白笔挺的制服，居然不准女孩子去。哼！不能当海军她才不要去当兵，流血和死她倒不怕，只要死在一身漂亮的雪白制服里。

她考大专联考那年，居然是不分组的，每个人可以填许多志愿，她一本正经地把全部学系都填了，依次是教育、中文、历史、外文，最后，还把医学系也填上。同学看了都惊绝，骂她神经：

“医学系分数那么高，你居然把它填在最后，你如果考得不好，就不必说了，就算考得好，也录到前面的志愿去了，医学系填了等于没填。”

她当然也懂，却不服气，跟人家辩道：

“你看清楚没有，这是一张‘志愿表’，既然是志愿表，当然就该填志愿，你们那种填法不叫填志愿，叫‘填去年分数高下次序排列表’，我在志愿表上填真志愿，有什么不对了？医学系太可怕，要解剖，我不敢读，所以填在最后。”

她没有考上第一志愿教育，却读了中文。

命运很有趣，很多年后她发现自己依着第一志愿入了教育界，教的是她的第二志愿中文，而且，连她最后一个志愿也一并实现了，她竟在一所医学院教书。她不再怕什么，医学该是极温暖的一门科学，生命是一张可爱的大型志愿表，每一个愿望都值得去为之付出、为之走它一生一世。

一个女人的爱情观

忽然发现自己的爱情观很土气，忍不住笑了起来。

对我而言，爱一个人就是满心满意要跟他一起“过日子”，天地鸿蒙荒凉，我们不能妄想把自己扩充为六合八方的空间，只希望彼此的火烬把属于两人的一世时间填满。

客居岁月，暮色里归来，看见有人当街亲热，竟也视若无睹，但每看到一对人手牵手提着一把青菜一条鱼从菜场走出来，一颗心就忍不住恻恻地痛了起来，一蔬一饭里的天长地久原是如此味永难言啊！相拥的那一对也许今晚就分手，但一鼎一镬里却有其朝朝暮暮的恩情啊！

爱一个人原来就只是在冰箱里为他留一个苹果，并且等他归来。

爱一个人就是在寒冷的夜里不断在他杯子里斟上刚沸的热水。

爱一个人就是喜欢两人一起收尽桌上的残肴，并且听他在水槽里刷碗的音乐——事后再偷偷地把他不曾洗干净的地方重洗一遍。

爱一个人就有权利霸道地说：

“不要穿那件衣服，难看死了。穿这件，这是我新给你买的。”

爱一个人就是一本正经地催他去工作，却又忍不住躲在他身后想捣几次小小的蛋。

爱一个人就是在拨通电话时忽然不知道要说什么，才知道原来只是想听听那熟悉的声音，原来真正想拨通的，只是自己心底的一根弦。

爱一个人就是把他的信藏在皮包里，一日拿出来看几回、哭几回、痴想几回。

爱一个人就是在他迟归时想上一千种坏可能，在想象中经历万般劫难，发誓等他回来要好好罚他，一旦见面却又什么都忘了。

爱一个人就是在众人暗骂：“讨厌！谁在咳嗽！”你却急道：

“唉，唉，他这人就是记性坏啊，我该买一瓶川贝枇杷膏放在他的背包里的！”

爱一个人就是上一刻钟想把美丽的恋情像冬季的松鼠秘藏坚果一般，一一将之放在最隐秘最安妥的树洞里，下一刻钟却又想告诉全世界这骄傲自豪的消息。

爱一个人就是在他的头衔、地位、学历、经历、善行、劣迹之外，看出真正的他不过是个孩子——好孩子或坏孩子——所以疼了他。

也因，爱一个人就是喜欢听他儿时的故事，喜欢听他有几次大难不死，听他如何淘气惹厌，怎样善于玩弹珠或打“水漂漂”，爱一个人就是忍不住替他记住了许多往事。

爱一个人就不免希望自己更美丽，希望自己被记得，希望自己的容颜体貌在极盛时于对方如霞光过目，永不相忘，即使在繁花谢树的冬残，也有一个人沉如历史典册的瞳仁可以见证你的华采。

爱一个人总会不厌其烦地问些或回答些傻问题，例如：“如果我老了，你还爱我吗？”“爱。”“我的牙都掉光了呢？”“我吻你的牙床！”

爱一个人便忍不住迷上那首《白发吟》：

亲爱，我年已渐老
白发如霜银光耀
唯你永是我爱人
永远美丽又温柔……

爱一个人常是一串奇怪的矛盾，你会依他如父，却又怜他如子；尊他如兄，又复宠他如弟；想师事他，跟他学，却又想教导他把他俘虏成自己的徒弟；亲他如友，又复气他如仇；希望成为他的女皇，他唯一的女主人，却又甘心做他的小丫鬟小女奴。

爱一个人会使人变得俗气，你不断地想：晚餐该吃牛舌好呢，还是猪舌？蔬菜该买大白菜，还是小白菜？房子该买在三张犁呢，还是六张犁？而终于在这份世俗里，你了解了众生，你参与了自古以来匹夫匹妇的微不足道的喜悦与悲辛，然后你发觉这世上有超乎雅俗之上的情境，正如日光超越调色盘上的一样。

爱一个人就是喜欢和他拥有现在，却又追忆着和他在一起的过去。喜欢听他说，那一年他怎样偷偷喜欢你，远远地凝望着你。爱一个人便是小别时带走他的吻痕，如同一幅画，带着鉴赏者的朱印。

爱一个人就是横下心来，把自己小小的赌本跟他合起来，向生命的大轮盘去下一番赌注。

爱一个人就是让那人的名字在临终之际成为你双唇间最后的音乐。

爱一个人，就不免生出共同的、霸占的欲望。想认识他的朋友，想了解他的事业，想知道他的梦。希望共有一张餐桌，愿意同用一双筷子，喜欢轮饮一杯茶，合穿一件衣，并且同衾共枕，奔赴一个命运，共寝一个墓穴。

前两天，整理房间时，理出一只提袋，上面赫然写着“孕妇服装中心”，我愕然许久，既然这房子只我一人住，这只手提袋当然是我的了，可是，我何曾跑到孕妇店去买衣服？于是不甘心地坐下来想，想了许久，终于想出来了。我那天曾去买一件斗篷式的土褐色短褛，便是用这只绿袋子提回来的，我是的确闯到孕妇店去买衣服了。细想起来那家店的模样儿似乎都穿着孕妇装，我好像正是被那种美丽沉甸的繁殖喜悦所吸引而走进去的。这样说来，原来我买的那件宽松适意的斗篷式短褛竟真是给孕妇设计的。

这里面有什么心理分析吗？是不是我一直追忆着怀孕时强烈的酸苦和欣喜而情不自禁地又去买了一件那样的衣服呢？想多年前冬夜独起，灯下乳儿的寒冷和温暖便一下涌回心头，小儿吮乳的时候，你多么希望自己的生命就此为他竭泽啊！

对我而言，爱一个人，就不免想跟他生一窝孩子。

当然，这世上也有人无法生育，那么，就让共同作育的学生，共同经营的事业，共同爱过的子侄晚辈，共同谱成的生活之歌，共同写完的生命之书来做他们的孩子。

也许还有更多更多可以说的，正如此刻，爱情对我的意义是终夜守在一盏灯旁，听轰声退潮再复涨潮，看淡紫的天光愈来愈明亮，凝视两人共同凝视过的长窗外的水波，在矛盾的凄凉和欢喜里，在知足感恩和渴切不足里细细体会一条河的韵律，并且写一篇叫《一个女人的爱情观》的文章。

初绽的诗篇

白莲花

二月的冷雨浇湿了一街的路灯，诗诗。

生与死，光和暗，爱和苦，原来都这般接近。

而诗诗，这一刻，在待产室里，我感到孤独，我和你，在我们各人的世界里孤独，并且受苦。诗诗，所有的安慰，所有怜惜的目光为什么都那么不切实际？谁会了解那种疼痛，那种扭曲了我的身体，击碎了我的灵魂的疼痛，我挣扎，徒然无益地哭泣。诗诗，生命是什么呢？是崩裂自伤痕的一种再生吗？

雨在窗外，沉沉的冬夜在窗外，古老的炮仗在窗外，世界又宁谧又美丽，而我，诗诗，何处是我的方向？如果我死，这将是我躺过的最后一张床，洁白的，隔在待产室幔后的床。我留我的爱给你，爱是我的名字，爱是我的写真。有一天，当你走过蔓草荒烟，我便在那里向你轻声呼喊——以风声，以水响。

诗诗，黎明为什么这样遥远，我的骨骼在山崩，我的血液在倒流，我的筋络像被灼般地纠起，而诗诗，你在哪里？

他们推我入产房，诗诗，人间有比这更孤绝的地方吗？那只手被隔在门外——那终夜握着我的手，那多年前在月光下握着我的手。他的目光，他的祈祷，他的爱，都被关在外面，而我，独自步向不可测的命运。

所有的脸褪去，所有的往事像一支弃置的牧笛。室中间，一盏大灯俯向我仰起的脸，像一朵倒生的莲花，在虚无中燃烧着千层洁白。花是真，花是幻，花是一切，诗诗。

今夜太长，我已疲倦，疲于挣扎，我只想嗅嗅那朵白莲花，嗅嗅那亘古不散的幽香。

花是你，花是我，花是我们永恒的爱情，诗诗。

四月的迷迭香

似乎是四月，似乎是原野，似乎是蝶翅乱扑的花之谷。

“呼吸，深深地呼吸吧！”从遥远的地方，有那样温柔的声音传来。

我在何处，诗诗，疼痛渐远，我听见金属的碰撞声，我闻着那样沁人的香息。你在何处，诗诗。

“用力！已经看见头了！用力！”

诗诗，我是星辰，在崩裂中涣散。而你，诗诗，你是一颗全新的星，新而亮，你的光将照彻今夜。

诗诗，我望着自己，因汗和血而潮湿的自己，忽然感到十字架并不可怕，髑髅并不可怕，荆棘冠冕并不可怕，孤绝并不可怕——如果有对象可以爱，如果有生命可为之奉献，如果有理想可前去流血。

“呼吸，深深地呼吸。”

何等的迷迭香，诗诗，我就浮在那样的花香里，浮在那样无所惧的爱里。

早晨已经来临，万象寂然，宇宙重新回到太古，混溷而空虚，只有迷迭香，沁人如醉的迷迭香，诗诗，你在哪里？

我仍清楚地感到手术刀的宰割，我仍能感到温热的血在流。血以及泪。

我仍感觉到我苦苦的等待。

歌　手

像高悬的瀑布，你猝然离开了我。

“恭喜啊，是男孩。”

“谢谢。”我小声地说，安慰，而又悲哀。

我几乎可以听到他们剪断脐带的声音，我们的生命就此分割了，分割了，以一把利剪。诗诗，而今而后，虽然表面上我们将住在一个屋子里，我将乳养你，抱你，亲吻你，用歌声送你去每晚的梦中，但无论如何，你将是你自己了。你的眼泪，你的欢笑，都将与我无份，你将扇动你自己的羽翼，飞向你自己的晴空。

诗诗，可是我为什么哭泣，为什么我老想着要挽回什么。

世上有什么角色比母亲更孤单，诗诗，她们是注定要哭泣的，诗诗，容我牵你的手，让我们尽可能地接近。而当你飞翔时，容我站在较高的山头上，去为你担心每一片过往的云。

他们为什么不给我看你的脸，我疲惫地沉默着。但忽然，我听见你的哭。

那是一首诗，诗诗。

这是一种怎样的和谐呢？啼哭，却充满欢欣，你像你的父亲，有着美好的 tenor 嗓子，我一听就知道。

而诗诗，我的年幼的歌手，什么是你的主题呢？一些赞美？一些感谢？一些敬畏？一些迷惘？但不管如何，它们感动了我，那样简单的旋律。

诗诗，让你的歌持续，持续在生命的死寂中。诗诗，我们不常听到流泉，我们不常听到松风，我们不常有伯牙，不常有华格纳，但我们永远有婴孩。有婴孩的地方便有音乐，神秘而美丽，像传抄自重重叠叠的天外。

诗诗，歌手，愿你的生命是一支庄严的歌，有声，或者无声，去充满人心的溪谷。

丁大夫和画

丁大夫来自很远的地方，诗诗，很远很远的爱尔兰，你不曾知道他，他不曾知道你。当他还是一个吹着风笛的小男孩，他何尝知道半个世纪以后，他将为一个黑发黑睛的孩子引渡？诗诗，是一双怎样的手安排他成为你所见到的第一张脸孔？

他有多么好看的金发和金眉，他和善的眼神和红扑扑的婴儿般的脸颊使人觉得他永远都在笑。

当去年初夏，他从化验室中走出来，对我说“恭喜你”的时候，我真想吻他的手。他明亮的浅棕色的眼睛里充满了了解和美善，诗诗，让我们爱他。

而今天早晨，他以钳子钳你巨大的头颅，诗诗，于是你就被带进世界。

当一切结束，终夜不曾好睡的他舒了一口气。有人在为我换干净的褥单，他忽然说：“看啊，我可以到巴黎去，我画得比他们好。”

满室的护士都笑了，我也笑，忽然，我才发现我疲倦得有多么厉害。

他们把那幅画拿走了，那幅以我的血我的爱绘成的画，诗诗，那是你所见的第一幅画，生和死都在其上，诗诗，此外不复有画。

推车，甜蜜的推车，产房外有忙碌的长廊，长廊外有既忧苦又欢悦的世界，诗诗。

丁大夫来到我的床边，和你愣然的父亲握手。

“让我们来祈祷。”他说，合上他厚而大的巴掌——那是医治者的掌，也是祈祷者的掌，我不知道我更爱他的哪一种掌。

上帝，我们感谢你
因为你在地上造了一个新的人
保守他，使他正直
帮助他，使他有用

诗诗，那时，我哭了。

诗诗，二十七年过去，直到今晨，我才忽然发现，什么是人；我才了解，什么是生存；我才彻悟，什么是上帝。

诗诗，让我们爱他，爱你生命中第一张脸，爱所有的脸——可爱的以及不可爱的，圣洁的以及有罪的，欢愉的以及悲哀的。直爱到生命的末端，爱你黑瞳中最后的脸。

诗诗。

红　樱

无端地，我梦见夹道的红樱。

梦中的樱树多么高，多么艳，我的梦遂像史诗中的特洛伊城，整个地被燃着了，我几乎可以听见火焰的噼啪声。

而诗诗，我骑一辆跑车，在山路上曲折而前。我觉得我在飞。

于是，我醒来，我仍躺在医院白得出奇的被褥上。那些樱花呢？那些整个春季里真正只能红上三五天的樱瓣呢？

因此就想起那些山水，那些花鸟，那些隔在病室之外的世界。诗诗，我曾狂热地爱过那一切，但现在，我却被禁锢，每天等待四小时一次的会面，等待你红于樱的小脸。

当你偶然微笑，我的心竟觉得容不下那么多的喜悦，所谓母亲，竟是那么卑微的一个角色。

但为什么，当我自一个奇特的梦中醒来，我竟感到悲哀。春花的世界似乎离我渐远了，那种悠然的岁月也向我挥手作别。而今而后，我只能生活在你的世界里，守着你的摇篮，等待你的学步，直到你走出我的视线。

我闭上眼睛，想再梦一次樱树——那些长在野外、临水自红的樱树，但它们竟不肯再来了。

想起十六岁那年，站在女子中学的花园里所感到的眩晕。那年春天，波斯菊开得特别放浪，我站在花园中间，四望皆花，真怕自己会被那些美所击昏。

而今，诗诗，青春的梦幻渐渺，余下唯一比真实更真实，比美善更美善的，那就是你。但诗诗，你是什么呢？是我多梦的生命中最后的一梦吗？

祝福那些仍眩晕在花海中的少年，我也许并不羡慕他们。但为什么？诗诗，我感到悲哀，在白贝壳般的病房中，在红樱亮得人眼花的梦后。

在静夜里

你洞悉一切，诗诗，虽然言语于你仍陌生。而此刻，当你熟睡如谷中无风处的小松，让我的声音轻掠过你的梦。

如果有人授我以国君之荣，诗诗，我会退避，我自知并非治世之才。如果有人加我以学者之尊，我会拒绝，诗诗，我自知并非渊博之士。

但有一天，我被封为母亲，那荣于国君尊于学者的地位，而我竟接受，诗诗。因此当你的生命在我的腹中被证实，我便惶然，如同我所孕育的不止是一个婴儿，而是一个宇宙。

世上有何其多的女子，敢于自卑一个母亲的位分，这令我惊奇，诗诗。

我曾努力于做一个好的孩子，一个好的学生，一个好的教师，一个好的人。但此刻，我知道，我最大的荣誉将是一个好的母亲。

当你的笑意，在深夜秘密的梦中展现，我就感到自己被加冕。而当你哭，闪闪的泪光竟使东方神话中的珠宝全为之失色。当你的小膀臂如萝藤般缠绕着我，每一个日子都是神圣的母亲节。当你晶然的小眼望着我，遍地都开着五月的康乃馨。

因此，如果我曾给你什么，我并不知道。我只知道，你给我的令我惊奇，令我欢悦，令我感戴。

想象中，如果有一天你已长大，大到我们必须陌生，必须误解，那将是怎样的悲哀。故此，我们将尽力去了解你，认识你，如同岩滩之于大海。我愿长年地守望你，熟悉你的潮汐变幻，了解你的每一拍波涛。我将尝试着同时去爱你那忧郁沉静的蓝和纯洁明亮的白——甚至风雨之夕的灰浊。

如果我的爱于你成为一种压力，如果我的态度过于笨拙，那么，请你原谅我，诗诗，我曾诚实地期望为你做最大的给付，我曾幻想你是世间最幸福的孩童。如果我没有成功，你也足以自豪。

我从不认为“天下无不是的父母”，如果让全能者来裁判，婴儿永远纯洁于成人。如果我们之间有一人应向另一人学习，那便是我。帮助我，孩子，让我自你学习人间的至善。我永不会要求你顺承我，或者顺承传统，除了造物者自己，大地上并没有值得你顶礼膜拜的金科玉律。世间如果有真理，那真理自在你的心中。

若我有所祈求，若我有所渴望，那便是愿你容许我更多爱你，并容许我向你支取更多的爱。在这无风的静夜里，愿我的语言环绕你，如同远远近近的小山。

如果你是天使

如果你是天使，诗诗，我怎能想象如果你是天使。

若是那样，你便不会在夜静时啼哭，用那样无助的声音向我说明你的需要，我便不会在寒冷的冬夜里披衣而起，我便无法享受拥你在我的双臂中，眼见你满足地重新进入酣睡的快乐。

如果你是天使，诗诗，你便不会在饥饿时转动你的颈子，噘着小嘴急急地四下索乳。诗诗，你永不知道你那小小的动作怎样感动着我的心。

如果你是天使，在每个宁馨的午觉后，你便不会悄无声息地爬上我的大床，攀着我的脖子，吻我的两颊，并且咬我的鼻子，弄得我满脸唾津，而诗诗，我是爱这一切的。

如果你是天使，你不会钻在桌子底下，你便不会弄得满手污黑，你便不会把墨水涂得一脸，你便不会神通广大地把不知何处弄到的油漆抹得一身，但，诗诗，每当你这样做时，你就比平常可爱一千倍。

如果你是天使，你便不会扶着墙跌跌撞撞地学走路，我便无缘欣赏倒退着逗你前行的乐趣。而你，诗诗，每当你能够多走几步，你便笑倒在地，你那毫无顾忌的大笑，震得人耳麻，天使不会这些，不是吗？

并且，诗诗，天使怎会有属于你的好奇，天使怎会蹲在地下看一只细小的黑蚁，天使怎会在春天的夜晚讶然地用白胖的小手，指着满天的星月，天使又怎会没头没脑地去追赶一只笨拙的鸭子，天使怎会热心地模仿邻家的狗吠，并且学得那么酷似。

当你做坏事的时候，当你伸手去拿一本被禁止的书，当你蹑着脚走近花钵，你那四下溜目的神色又多么令人绝倒，天使从来不做坏事，天使温驯的双目中永不会闪过你做坏事时那种可爱的贼亮，因此，天使远比你逊色。

而每天早晨，当我拿起手提包，你便急急地跑过来抱住我的双腿，你哭喊、你撕抓，作无益的挽留——你不会如此的，如果你是天使——但我宁可你如此，虽然那是极伤感的时刻，但当我走在小巷里，你那没有掩饰的爱便使我哽咽而喜悦。

如果你是天使，诗诗，我便不会听到那样至美的学话的呀呀，我不会因听到简单的“爸爸”“妈妈”而泫然，我不会因你说了串无意义的音符便给你那么多亲吻，我也不会因你在“爸妈”之外，第一个会说的字是“灯”便肯定灯是世间最美丽的东西。

如果你是天使，你绝不会唱那样难听的歌，你也不会把小钢琴敲得那么刺耳，不会撕坏刚买的图画书，不会扯破新买的衣服，不会摔碎妈妈心爱的玻璃小鹿，不会因为一件不顺心的事而乱蹬着两条结棍的小腿，并且把小脸涨得通红。但为什么你那小小的坏事使我觉得可爱，使我预感到你性格中的弱点，因而觉得我们的接近，并且因而觉得宠爱你的必要。

也许你会有更清澈的眼睛，有更红嫩的双颊，更美丽的金发和更完美的性格——如果你是天使。但我不需要那些，我只满意于你，诗诗，只满意于人间的孩童。

让天使们在碧云之上鼓响他们快乐的翅，我只愿有你，在我的梦中，在我并不强壮的臂膀里。

贝 展

让我们去看贝壳展览，诗诗，让我们去看那光彩的属于海上的生命。

而海，诗诗，海多么遥远，那吞吐着千浪的海，那潜藏着鱼龙的海，那使你母亲的梦境为之芬芳的海。

海在何处？诗诗，它必是在千山之外，我已久违了那裂岸的惊涛，我已遗忘了那溺人的柔蓝，眼前只有贝，只有博物馆灯下的彩晕向我见证那澎湃的所在。

诗诗！这密雨的初夏，因一室的贝壳而忧愁了，那些多色的躯壳，似乎只宜于回响一首古老的歌，一段被人遗忘的诗。但人声嘈杂，人潮汹涌，有谁回顾那曾经蠕动的生命，有谁怜惜那永不能回到海中的旅魂。

而你，你童稚的黑睛中只曾看见彩色的斑斓，那些美丽于你似乎并不惊奇，所有的美好，在你都是一种必然，因你并不了解丑陋为何物。丑陋远在你的经验之外。

从某一个玻璃柜走过，我突然驻足不前，那收藏者的名字乍然刺痛了我，那曾经响亮的名字如今竟被压在一列寂寞的贝壳之下，记得他中年后仍炯然的双目，他的多年来仍时常夹着激愤的声音，但数年不见，何图竟在冷冷的玻璃板下遇见他的名字，想着他这些年的岁月，心中便凄然，而诗诗，你不会懂得这些——当然，也许有一天你会懂。啊，想到你会懂，我便欲哭。当初我的母亲何尝料到我会懂这一切，但这一天终会来的，伊甸园的篱笆终会倾倒。

且让我们看这些贝，诗诗，这些空洞的躯壳多么像一畦春花，明艳而闪烁。看那碎红，看那皎白，看那沉紫，看那腻黄，诗诗，看那悲剧性的生命。

六月的下午，诗诗，站在千形的贝前，我们怎得不垂泪，为死去的贝，为老去的拾贝人，为逸去的恋海的梦。

诗诗，不要抬起你惊异的小眼，不要探询，且把玩这一枚我为你买的透明的小贝。有一天，或许一天，我们把它带回海边，重放它入那一片不损不益的明蓝。

蝉鸣季

七月了，诗诗。蝉鸣如网，撒自古典的蓝空，蝉鸣破窗而来，染绿了我们的枕席。

诗诗，你的小嘴吱然作声，那么酷似地模仿着？像模仿什么美丽的咏叹调。而诗诗，蝉在何处，在油加利最高的枝梢上，在晴空最低的流云上，抑或在你常红的两唇上。

而当你笑，把七月的绚丽，垂挂在你细眯的眼睫外，你可曾想及那悲剧的生命，那十几年在地下，却只留一夏在南来的薰风中的蝉？而当他歌唱，我们焉知那不是一种深沉的静穆？

蝉鸣浮在市声之上，蝉鸣浮在凌乱的楼宇之上，蝉鸣是风，蝉鸣是止不住的悲悯。诗诗，让我们爱这最后的、挣扎在城市里的音乐。

诗诗，曾有一天黄昏，你的母亲走向阳明山半山的林荫里，年轻人的营地里有一个演讲会。一折入那鼓着山风的小径，她的心便被回忆夺去。十年了，小径如昔，对面观音山的霞光如昔，千林的蝉声如昔。但十年过去，十年前柔蓝的长裙不再，十年前的马尾结不再，诗诗，我该坦然，或是驻足太息。

那一年，完整的四个季节，你的母亲便住在这山上，杜鹃来潮时，女孩子的梦便对着窗户的微云绽开。那男孩总是从这条山径走来——那男孩，诗诗，曾和你母亲在小径上携手的，会和你母亲在山泉中濯足的，现在每天黄昏抱你在他的膝上，让你用白蚕似的小指头去探他的胡碴。

诗诗，蝉声翻腾的小径里，十年便如此飞去。诗诗，那男孩和那女孩的往事被吹在茫然的晚风里，美丽，却模糊——如同另一个山头的蝉鸣。

偶低头，一只尚未脱皮的蝉正笨拙地走向相思林，微温的泥沾在它身上，一种说不出的动人。

她，你的母亲，或者说那女孩吧——我并不知道她是谁——把它捡起。

它的背上裂着一条神秘的缝，透过那条缝，壳将死，蝉将生，诗诗，蝉怎能不是一首诗。

那天晚上，灯下的蝉静静地展示出它黑艳的身躯，诗诗，这是给你的。诗诗，蝉声恒在，但我们只能握着今岁的七月，七月的风，风中的蝉。

七月一过，蝉声便老。薰风一过，蝉便不复是蝉，你不复是你。诗诗，且让我们听长夏欢悦而惆怅的咏叹词，听这生命的神秘跫音，响自这城市中最后的凉柯。

花 担

诗诗，春天的早晨，我看见一个女人沿着通往城市的路走来。

她以一根扁担，担着两筐子花。诗诗你能不惊呼吗？满满两大筐水晶一般硬挺而透明的春花。

一筐在前，一筐在后，她便夹在两筐璀璨之间。半截青竹剖成的扁担微做弓形，似乎随时都准备要射发那两筐箭镞般地待放的春天。

淡淡的清芬随着她的脚步，一路散播过来。当农人在水田里插那些半吐的青色秧针，她便在黑柏油的路上插下恍惚的香气。诗诗，让我们爱那些香气，从春泥中酿成的香气。

当她行近，诗诗，当她的脸骤然像一张距离太近的画贴近我时，我突然怔住了。汗水自她的额际流下，将她的土布衫子弄湿了。我忍不住自责，我只见到那些缤纷的彩色，但对她而言，那是何等的负荷，她吃力地走着，并不强壮的肩膀被压得微微倾斜。

诗诗，生命是一种怎样的负担？

当她走远，我仍立在路旁，晨露未晞，青色的潮意四面环绕着我们。诗诗，我迷惘地望着她和她那逐渐没入市尘的模糊的花担。

她是快乐的呢？还是痛苦的呢？

诗诗，担着那样的担子是一种怎样的感觉的呢？走这样的一段路又是怎样的一段路呢？想着想着，我的心再度自责，我没有资格怜悯她，我只该有敬意——对负重者的敬意。

那天早晨，当我们从路旁走开，我忽然感到那担子的重量也压在我的两肩上。所有美丽的东西似乎总是沉重的——但我们的痛苦便是我们的意义，我们的负荷便是我们的价值。诗诗，世上怎能有无重量的鲜花？人间怎能有廉价的美丽？

诗诗，且将你的小足举起，让我们沿着那女人走过的路回去。诗诗，当你的脚趾初履大地的那一天，荆棘和碎石便在前路上埋伏着了。诗诗，生命的红酒永远榨自破碎的葡萄，生命的甜汁永远来自压干的蔗茎。今年春天，诗诗，今年春天让我们试着去了解，去参透。诗诗，让我们不再祈祷自己的双肩轻松，让我们只祈祷我们挑着的是满筐满篓的美丽。

诗诗，愿今晨的意象常在我们心中，如同光热常在春阳中。

第一首诗

诗诗，冬天的黄昏，雨的垂帘让人想起江南，你坐在我的膝上，美好的宽额有如一块湿润的白玉。

于是，开始了我们的第一首诗：

床前明月光
疑是地上霜
举头望明月
低头思故乡

诗诗，简单的字，简单的旋律，只两遍，你就能上口了。你高兴地嚷着，把它当成一支新学会的歌，反复地吟诵，不满两岁的你竟能把抑扬顿挫控制得那么好。

满城的灯光像秋后的果实，一枚枚地在窗外亮了起来，我却木然地垂头，让泪水在渐沉的暮霭中纷落。

诗诗，诗诗，怎样的一首诗，我们的第一首诗。在这样凄惶的异乡黄昏，在窗外那样陌生的棕榈树下，我们开始了生命中的第一首诗，那样美好的，又那样哀伤的绝句。

八岁，来到这个岛上，在大人的书堆里搜出一本唐诗，糊里糊涂地背了好些，日子过去，结了婚，也生了孩子，才忽然了解什么是乡愁。想起那一年，被爷爷带着去散步，走着走着，天蓦地黑了，我焦急地说："爷爷，我们回家吧！"

"家？不，那不是家，那只是寓。"

"寓？"我更急了，"我们的家不是家吗？"

"不是，人只有一个家，一个老家，其他的地方都是寓。"

如果南京是寓，新生南路又是什么？

诗诗，请停止念诗吧，客中的孤馆无月也无霜。我不明白我为什么在冬日的黄昏里想起这首诗，更不明白为什么把它教给稚龄的你。诗诗，故乡是什么，你不会了解，事实上，连我也不甚了解。除了那些模糊的记忆，我只能向故籍中去体认那"三秋桂子"的故国，那"十里荷香"的故国。但于你呢？永忘不了那天你在客人面前表演完了吟诗，忽然被突来的问题弄乱了手脚。

"你的故乡在哪里？"

你急得满房子乱找，后来却又宽慰地拍着口袋说："在这里。”满堂的笑声中我却忍不住地心痛如绞。

在哪里呢？诗诗，一水之隔，一梦之隔，在哪里呢？

诗诗，当有一天，当你长大，当你浪迹天涯，在某一个月如素练的夜里，你会想起这首诗。那时，你会低首无语，像千古以来每个读这首诗的人。那时候，你的母亲又将安在？她或许已阖上那忧伤多泪的眼，或许仍未阖上，但无论如何，她会记得，在那个宁静的冬日黄昏，她曾抱你在膝上，一起轻诵过那样凄绝的句子。

让我们念它，诗诗，让我们再念：

床前明月光
疑是地上霜
举头望明月
低头思故乡

母亲的羽衣

讲完了牛郎织女的故事，细看儿子已经垂睫睡去，女儿却犹自瞪着坏坏的眼睛。

忽然，她一把抱紧我的脖子，把我赘（此字稍俗，也有人以为当写成“坠”）得发疼：

“妈妈，你说，你是不是仙女变的？”

我一时愣住，只胡乱应道：

“你说呢？”

“你说，你说，你一定要说。”她固执地扳住我不放，“你到底是不是仙女变的？”

我是不是仙女变的？——哪一个母亲不是仙女变的？

像故事中的小织女，每一个女孩都曾住在星河之畔，她们织虹纺霓，藏云捉月，她们几曾烦心挂虑？她们是天神最偏怜的小女儿，她们终日临水自照，惊讶于自己美丽的羽衣和美丽的肌肤，她们久久凝注着自己的青春，被那份光华弄得痴然如醉。

而有一天，她的羽衣不见了，她换上了人间的粗布——她已经决定做一个母亲。有人说她的羽衣被锁在箱子里，她再也不能飞翔了。人家还说，是她丈夫锁上的，钥匙藏在极秘密的地方。

可是，所有的母亲都明白那仙女根本就知道箱子在哪里，她也知道藏钥匙的所在，在某个无人的时候，她甚至会惆怅地开启箱子，用忧伤的目光抚摸那些柔软的羽毛，她知道，只要羽衣一着身，她就会重新回到云端，可是她把柔软白亮的羽毛拍了又拍，仍然无声无息地关上箱子，藏好钥匙。

是她自己锁住那身昔日的羽衣的。

她不能飞了，因为她已不忍飞去。

而狡黠的小女儿总是偷窥到那藏在母亲眼中的秘密。

许多年前，那时我自己还是小女孩，我总是惊奇地窥伺着母亲。

她在口琴背上刻了小小的两个字——“静鸥”，那里面有什么故事吗？那不是母亲的名字，却是母亲名字的谐音，她也曾梦想过自己是一只静栖的海鸥吗？她不怎么会吹口琴，我甚至想不起她吹过什么好听的歌，但那名字对我而言是母亲神秘的羽衣，她轻轻写那两个字的时候，她可以立刻变了一个人，她在那名字里是另外一个我所不认识的有翅的什么。

母亲晒箱子的时候是她另外一种异常的时刻，母亲似乎有好些东西，完全不是拿来用的，只为放在箱底，年年按时在三伏天取出来暴晒。

记忆中母亲晒箱子的时候就是我兴奋欲狂的时候。

母亲晒些什么？我已不记得，记得的是樟木箱子又深又沉，像一个混沌黝黑初生的宇宙，另外还记得的是阳光下竹竿上富丽夺人的颜色，以及怪异却又严肃的樟脑味，以及我在母亲喝禁声中东摸摸西探探的快乐。唯一真正记得的一件东西是一幅漂亮的湘绣被面，雪白的缎子上，绣着兔子和翠绿的小白菜，红艳欲滴的小杨花萝卜，全幅上还绣了许多别的令人惊讶赞叹的东西，母亲一边整理，一面会忽然回过头来说："别碰，别碰，等你结婚就送给你。"我小的时候好想结婚，当然也有点害怕，不知为什么，仿佛所有的好东西都是等结了婚就自然是我的了，我觉得一下子有那么多好东西也是怪可怕的事。

那幅湘绣后来好像不知怎么就消失了，我也没有细问。对我而言，那么美丽得不近真实的东西，一旦消失，是一件合理得不能再合理的事。譬如初春的桃花，深秋的枫红，在我看来都是美丽得违了规的东西，是茫茫大化一时的错误，才胡乱把那么多的美推到一种东西上去，桃花理该一夜消失的，不然岂不教世人都疯了？湘绣的消失对我而言，简直就是复归大化了。但不能忘记的是母亲打开箱子时那份欣悦自足的表情，她慢慢地看着那幅湘绣，那时我觉得她忽然不属于周遭的世界，那时候她会忘记晚饭，忘记我扎辫子的红绒绳。她的姿势细想起来，实在是仙女依恋地轻抚着羽衣的姿势，那里有一个前世的记忆，她又快乐又悲哀地将之一一拾起，但是她也知道，她再也不会去拾起往昔了——唯其不会重拾，所以回顾的一刹那更特别的深情凝重。

除了晒箱子，母亲最爱回顾的是早逝的外公对她的宠爱，有时她胃痛，卧在床上，要我把头枕在她的胃上，她慢慢地说起外公。外公似乎很舍得花钱（当然也因为有钱），总是带她上街去吃点心，她总是告诉我当年的肴肉和汤包怎么好吃，甚至煎得两面黄的炒面和女生宿舍里早晨订的冰糖豆浆（母亲总是强调“冰糖”豆浆，因为那是比“砂糖”豆浆更为高贵的）都是超乎我想象力之外的美味，我每听她说起那些事的时候，都惊讶万分——我无论如何不能把那些事和母亲联想在一起，我从有记忆起，母亲就是一个吃剩菜的角色，红烧肉和新炒的蔬菜简直就是理所当然地放在父亲面前的，她自己的面前永远是一盘杂拼的剩菜和一碗“擦锅饭”（擦锅饭就是把剩饭在炒完菜的剩锅中一炒，把锅中的菜汁都擦干净了的那种饭），我简直想不出她不吃剩菜的时候是什么样子。

而母亲口里的外公，上海、南京、汤包、肴肉全是仙境里的东西，母亲每讲起那些事，总有无限的温柔，她既不感伤，也不怨叹，只是那样平静地说着。她并不要把那个世界拉回来，我一直都知道这一点，我很安心，我知道下一顿饭她仍然会坐在老地方吃那盘我们大家都不爱吃的剩菜。而到夜晚，她会照例一个门一个窗地去检点去上闩。她一直都负责把自己牢锁在这个家里。

哪一个母亲不曾是穿着羽衣的仙女呢？只是她藏好了那件衣服，然后用最黯淡的一件粗布把自己掩藏了，我们有时以为她一直就是那样的。

而此刻，那刚听完故事的小女儿鬼鬼地在窥伺着什么？

她那么小，她何由得知？她是看多了卡通，听多了故事吧？她也发现了什么吗？是在我的集邮本偶然被儿子翻出来的那一刹那吗？是在我拣出石涛画册或汉碑并一页页细味的那一刻吗？是在我猛然回首听他们弹一阕熟悉的钢琴练习曲的时候吗？抑是在我带他们走过年年的春光，不自主地驻足在杜鹃花旁或流苏树下的一瞬间吗？

或是在我动容地托住父亲的勋章或童年珍藏的北平画片的时候，或是在我翻拣夹在大字典里的干叶之际，或是在我轻声地教他们背一首唐诗的时候……

是有什么语言自我眼中流出吗？是有什么音乐自我腕底泻过吗？为什么那小女孩会问道：

“妈妈，你是不是仙女变的呀？”

我不是一个和千万母亲一样安分的母亲吗？我不是把属于女孩的羽衣收拾得极为秘密吗？我在什么时候泄露了自己呢？

在我的书桌底下放着一个被人弃置的木质砧板，我一直想把它挂起来当一幅画，那真该是一幅庄严的，那样承受过万万千千生活的刀痕和凿印的，但不知为什么，我一直也没有把它挂出来……

天下的母亲不都是那样平凡不起眼的一块砧板吗？不都是那样柔顺地接纳了无数尖锐的割伤却默无一语的砧板吗？

而那小女孩，是凭什么神秘的直觉，竟然会问我：

“妈妈？你到底是不是仙女变的？”

我掰开她的小手，救出我被吊得酸麻的脖子，我想对她说：

“是的，妈妈曾经是一个仙女，在她做小女孩的时候，但现在，她不是了，你才是，你才是一个小小的仙女！”

但我凝注着她晶亮的眼睛，只简单地说了一句：

“不是，妈妈不是仙女，你快睡觉。”

“真的？”

“真的！”

她听话地闭上了眼睛，旋又不放心睁开。

“如果你是仙女，也要教我仙法哦！”

我笑而不答，替她把被子掖好，她兴奋地转动着眼珠，不知在想什么。

然后，她睡着了。

故事中的仙女既然找回了羽衣，大约也回到云间去睡了。

风睡了，鸟睡了，连夜也睡了。

我守在两张小床之间，久久凝视着他们的睡容。

易　朽

新开一家盆景店，据云现代都市家庭必须利用这玩意儿，这种局部的绿意（至于大片的绿，如众所周知，早就赶尽杀绝了），可以用来维持眼睛最低度的营养。

又据云现代人的字典里早已经没有“照顾”一词了。所以那些小盆小罐的局部绿意过不久皆纷纷死去。都市人把那些枯黄的脸庞连着盆子一起丢了，等周末再去假日花市买一钵更新鲜的绿萝来自我点缀。

所以，据说卖盆景的人都生意鼎盛，这都是拜“盆景死亡率”极高所赐。

而路旁这家新开的盆景店也一副人气旺盛的样子，门口还贴着广告，上面的字皆有斗大：

防霉防蛀，不需浇水。

免施肥免修剪永葆青翠。

我有点好奇，他们卖什么怪植物呀？居然这么乖这么好养。想着想着，便探头进去望了一望，这一望立刻真相大白，我也立刻转头落荒而逃，原来他们在卖些假树假草。我跑得飞快，仿佛双眼被流弹打中。

啊，不要惩罚我，我想我宁可忍受那些会发霉会生蛀虫的树。我宁可咬牙面对浇水的辛劳——或忘了浇水的悔恨。我若有幸和它们一起共度春天绿鬓翠眉的岁月，也就可以无憾地接受在晚秋时分衰鬓相怜的心情。它若自自然然要衰老要死亡，我虽然会心摧，但也会说服自己为一度确实的拥有而感谢。

请容许我痛恨那不怕虫不怕雨不怕旱的“非生命”吧！如果我爱那个叫“生命”的东西，我大概就没有权利去拒绝属于生命脆弱和易朽的本质。

《圣经》上有一句话：

“上帝之愚拙总胜于人类之巧慧。”

不要给我那些巧慧之人生产出来的巧慧的“假生命”，我宁可要上帝制的易衰易朽易于出错的真生命。

家里有一棵真树，等于放一句“生命的箴言”在厅堂里——这种事，怎么能用假树假叶取代呢？你给六祖慧能一棵假菩提树，他就能悟道吗？你给朗费罗（美国诗人，曾写过有名的诗《树》）一棵假树，他就能写诗了吗？你能用假树骗小鸟来栖息吗？如果不能，为什么独独准许用它来骗自己的眼睛呢？

一句好话

小时候过年，大人总要我们说吉祥话，但碌碌半生，竟有一天我也要教自己的孩子说吉祥话了，才蓦然警觉这世间好话是真有的，令人思之不尽，但却不是“升官”“发财”“添丁”这一类的，好话是什么呢？冬夜的晚上，从爆白果的馨香里，我有一句没一句地想起来了……

“你们爱吃肥肉还是瘦肉？”

讲故事的是个年轻的女用名叫阿密，那一年我八岁，听善忘的她一遍遍重复讲这个她自己觉得非常好听的故事，不免腻烦，故事是这样的：

有个人啦，欠人家钱，一直欠，欠到过年都没有还哩，因为没有钱还嘛。后来那个债主不高兴了，他不甘心，所以到了吃年夜饭的时候，就偷偷跑到欠钱人的家里，躲在门口偷听，想知道他是真没有钱还是假没有钱，听到开饭了，那欠钱的人说：

“今年过年，我们来大吃一顿，你们小孩子爱吃肥肉还是瘦肉？”（顺便插一句嘴，这是个老故事，那年头的肥肉瘦肉都是无上美味。）那债主站在门外，听得清清楚楚，气得要死，心里想，你欠我钱，害我过年不方便，你们自己原来还有肥肉瘦肉拣着吃哩！他一气，就冲进屋里，要当面给欠钱的人好看。等到跑到桌子旁一看，哪里有肉，只有一碗萝卜一碗番薯。欠钱的人站起来说：“没有办法，过年嘛，萝卜就算是肥肉，番薯就算是瘦肉，小孩子嘛！”

原来他们的肥肉就是白白的萝卜，瘦肉就是红红的番薯。他们是真穷啊，债主心软了，钱也不要了，跑回家去过年了。

许多年过去了，这个故事每到吃年夜饭时总会自动回到我的耳畔，它分明已是一个不合时宜的老故事，但那个穷父亲的话多么好啊，难关要过，礼仪要守，钱却没有，但只要相恤相存，菜根也自有肥腴厚味吧！

在生命宴席极寒俭的时候，在关隘极窄极难过的时候，我仍要打起精神对自己说：

“喂，你爱吃肥肉还是瘦肉？”

“我喜欢跟你用同一个时间”

他去欧洲开会，然后转美国，前后两个月才回家，我去机场接他，提醒他说：

“把你的表拨回来吧，现在要用台湾时间了。”

他愣了一下，说：

“我的表一直是台湾时间啊！我根本没有拨过去！”

“那多不方便！”

“也没什么，留着台湾的时间，我才知道你和小孩儿在干什么，我才能想象，现在你在吃饭，现在你在睡觉，现在你起来了……我喜欢跟你用同一个时间。”

他说那句话，算来也有十年了，却像一幅挂在门额的绣锦，鲜色的底子历经岁月却仍然认得出是强旺的火红。我和他，只不过是凡世中平凡又平凡的男子和女子，注定是没有情节可述的人，但久别乍逢的淡淡一句话里，却也有我一生惊动不已、感念不尽的恩情。

“好咖啡总是放在热杯子里的！”

经过罗马的时候，一位新识不久的朋友执意要带我们去喝咖啡。

“很好喝的，喝了一辈子难忘！”

我们跟着他东扭西拐大街小巷地走，石块拼成的街道美丽繁复，走久了，让人会忘记目的地，竟以为自己是出来踏石块的。

忽然，一阵咖啡浓香侵袭过来，不用主人指引，自然知道咖啡店到了。

咖啡放在小白瓷杯里，白瓷很厚，和中国人爱用的薄瓷相比，另有一番稳重笃实的感觉。店里的人都专心品咖啡，心无旁骛。

侍者从一个特殊的保暖器里为我们拿出杯子，我捧在手里，忍不住讶道：

“咦，这杯子本身就是热的哩！”侍者转身，微微一躬，说：

“女士，好咖啡总是放在热杯子里的！”

他的表情既不兴奋，也不骄矜，甚至连广告意味的夸大也没有，只是淡淡地在说一件天经地义的事而已。

是的，好咖啡总是应该斟在热杯子里的，凉杯子会把咖啡带凉了，香气想来就会蚀掉一些，其实好茶好酒不也都如此吗？

原来连“物”也是如此自矜自重的，《庄子》中的好鸟择枝而栖，西洋故事里的宝剑深揳石中，等待大英雄来抽拔，都是一番万物的清贵，不肯轻易亵慢了自己。古代的禅师每从喝茶啜粥中去感悟众生。不知道罗马街头那端咖啡的侍者也有什么要告诉我，我多愿自己也是一份千研万磨后的香醇，并且慎重地斟在一只洁白温暖的厚瓷杯里，带动一个美丽的清晨。

“将来我们一起老”

其实，那天的会议倒是很正经的，仿佛是有关学校的研究和发展之类的。

有位老师站了起来，说：

“我们是个新学校，老师进来的时候都一样年轻，将来要老，我们就一起老了……”

我听了，简直是急痛攻心，赶紧别过头去，免得让别人看见我的眼泪——从来没想到原来同事之间的萍水因缘也可以是这样的一生一世啊！学院里平日大家都忙，有的分析草药，有的解剖小狗，有的带学生做手术，有的正埋首典籍……研究范围相差既远，大家都无暇顾及别人，然而在一度度的后山蝉鸣里，在一阵阵的上课钟声间，在满山台湾相思芬芳的韵律中，我们终将垂垂老去，一起交出我们的青春而老去。

能为一个学校而老，能跟其他的俊彦一起老，能看着一批批的孩子长大而心安理得地去老，也算是一种幸福吧？

“你长大了，要做人了！”

汪老师的家是我读大学的时候就常去的，他们没有子女，我在那里从他读“花间词”，跟着他的笛子唱昆曲，并且还留下来吃温暖的羊肉涮锅……

大学毕业，我做了助教，依旧常去。有一次，因为买不起一本昂价的书，便去找老师给我写张名片，想得到一点折扣优待。等名片写好了，我拿来一看，忍不住叫了起来：

“老师，你写错了，你怎么写‘兹介绍同事张晓风’，应该写‘学生张晓风’的呀！”

老师把名片接过去，看着我，缓缓地说：

“我没有写错，你不懂，就是要这样写的，你以前是我的学生，以后私底下也是，但现在我们在一所学校里，你是助教，我是教授，阶级虽不同却都是教员，我们不是同事是什么？你不要小孩子脾气不改，你现在长大了，要做人了，我把你写成同事是给你做脸，不然老是‘同学’‘同学’的，你哪一天才成人？要记得，你长大了，要做人了！”

那天，我拿着老师的名片去买书，得到了满意的折扣，至于省掉了多少钱我早已忘记，但不能忘记的却是名片背后的那番话。直到那一刻，我才在老师的爱纵推重里知道自己是与学者同其尊、与长者同其荣的，我也许看来不“像”老师的同事，却已的确“是”老师的同事了。

竟有一句话使我一夕成长。

同样的，钢琴也是，钢琴左右开弓，如入无人之境，可以上摘天界之蟠桃，下达腾火之地狱，可以歌盛世之欢忭，可以泣衰世之哀音……

然而，还不止如此，还有更极听觉之娱的，那便是双钢琴了。双钢琴合奏等于一下让钢琴家长出四只手来，其繁富变化更是令人吃惊。

然而，双钢琴曲令我低回神往的，其实并不仅是听觉上的奇奥往复，变化无穷，而是一则小小的凄凉的情节。原来，音乐史上大有成就的两位天才，莫扎特和舒曼，都各有一个才华不下于他们的姊姊。而这两位姊姊，生在那个时代，当然是注定无法出头的。做弟弟的既是天才，便也知道疼惜姊姊的才华，但大局是扭不来的，无可奈何之余，他们各自为自己的姊姊写了双钢琴曲。双钢琴曲让他们有机会重温儿时和姊姊合奏的乐趣。儿时的性别不是那么明显，儿时的姊姊也是一个小天才，但姊姊长大了，她必须成为妇人，成为社会所要求的样子。然而，当双钢琴曲奏起，当姊弟一起坐在琴前，昔日的旧梦便回来了。

我听莫扎特和舒曼的双钢琴曲，在其华美优游的旋律中总不免听出愁苦。想起前代女子的命运，想起那么多有才华有胆识的女子，最后都默默无闻以终，我一时仿佛成了第三个钢琴手，悄然加入他们的序列，把悲伤弹进他们的主题里去了。

高级诚实

——人物品藻

“他这人好，他这人诚实！”

说这句话的人是齐邦媛老师，而被他赞美的人则是我们共同的朋友隐地。

隐地是出版人，开出版社而诚实，虽也算难得，不过算不得太高规格的赞美——但齐老师毕竟是齐老师，她话锋一转，加了一句：

“我说的不是一般的普通诚实，是高级的诚实！”

为了她一句“高级诚实”，害我反复咀嚼，思来想去，企图揣测出“普通级诚实”和“高级诚实”究竟有何不一样?

普通诚实比较容易懂，那就是不克扣作者应得的版税，不会印了五千本却骗作者是三千本，或骗说，根本没再版，那种出版社真是又“做出版”，又兼营“诈骗集团”。

但，“不诈骗”并不等同于“有道德”，这只是做人的基本要求啊！如果出版社坑人，那已是触法了——只是受害者不容易抓到证据罢了。

那么，更上一层楼的诚实又是什么诚实呢？我的体会如下：

俗语中有句话叫：

“心口如一”①

另有话叫：

“心口相应”②

这两句算是褒人的句子，略等于“说话实在”。

跟这相反的两句话则是：

“心口不一”③

“心不应口”④

这两句是贬人的话，略等于“满嘴谎言”。

如果把世上之人只分成两种，“诚实的”和“撒谎的”，唉！那事情就好办了。反正，好人，我们亲近，坏人，我们躲着，岂不万事清吉？

可是，麻烦的是，说话的人往往并不知道自己的心，他只是“自己觉得是这么回事”，但他做不到，时间和事实都证明他做不到。他本无意做骗子，却不知不觉成了骗子。这种骗

① 《儿女英雄传》二十回，“真个（格）的，你家这个姨奶奶，虽说没什么模样儿，可倒是个心口如一的厚实人儿。”

② 《金瓶梅》二回，“武松笑道：‘若得嫂嫂这般作主，最好。只要心口相应……’”

③ 《醒世姻缘传》八十二回，“我是这们（么）个直性子，稀罕就说稀罕，不是这们（么）心口不一的。”

④ 明朝杨德芳《步步娇·闺怨》：“恨他心不应口，把欢娱翻成僝僽。”

子最容易让我们上当，因为他在骗我们之前，他已先把自己骗到了，所以在他“心口如一”时，便表演得特别动人。让女孩子误信为情圣的男人，他自己其实对自己是笃信不疑的，所以话才能说得那么激昂如真。保证自己谦虚客观的人，其实他不但不谦虚，他还背着一条罪行——那就是“自以为谦虚的那种傲慢”。

天主教在罗马盖了一座圣彼得大教堂来纪念圣徒彼得，彼得当年在耶稣十二门徒中算是“类老大”。耶稣上十字架前曾说：

“如果击打牧人——群羊就四散了。”

彼得嘴硬逞强，竟说：

“众人皆逃，我独不逃，就是赴死，我也甘之。”

没想到事发后，他表现得竟是“第一孬”，一夜之间，鸡鸣之前，他居然三次说“我才不认得他哩！”还加上“我听不懂你在讲什么啦，”至今，在圣地，犹有人盖了一座“鸡鸣堂”，以志此事。①

汉武帝幼时也有“金屋供养阿娇”的豪语，当时他们是小

---

① 见《圣经》《马太福音》二十六章二十一节至三十五节，《马可福音》十四章二十七节至三十一节，《路加福音》二十二章三十一节至三十四节，彼得临危大言夸口，耶稣却预言，“鸡鸣（天亮）之前，你会三次否认我。”不料竟如所言。彼得第三次向官府之人说“我不认得他”时（其实，所谓官府之人也不是什么大官，只不过是些仆役侍女罢了，彼得便已吓破了胆），耶稣方回眸凝睇，彼得无地自容，奔出外场痛哭，圣地“鸡鸣堂”其外形设计肖似一滴泪珠。

男孩小女孩，他并不真正知道一个男人，特别是身为青年帝王的男人，在两性关系上有多少试探。他拍胸脯保证的，是二十年后的自己——但他并不懂二十年后的自己啊！把阿娇打入冷宫，那还真不是普通的绝情！

彼得和汉武帝当时都“心口如一”，但又所云非实，因为，他们并没有足够的修为透过深刻的观照来省察自己——换言之，他们根本不知道自己的真相。

隐地和我的关系始于出版人和作者，但后来我却视他为朋友。业务是一时的，朋友是永远的。所以这篇文章我比较想论隐地其人，一个因诚恳而能明明澈澈检视自己的人，一个不唬弄自己也不唬弄别人的人，一个清朗自省的人，一个可以交朋友的“高级诚实”的人。

一个东西南北人

老天竟会生出管管这样的人来，不能不算一件奇事！此人后来又娶了一位奇女子，两人一同写奇文，以供天下人欣赏，不可不谓奇中奇。

管管虽姓管，据我看，生平大概没被什么人管过。天不管，地不管，一场天维崩、地柱折，隔海的父母自是管他不了。目前退了役，没有上司管，再加上妻子娇纵，谁人管他？

搞不懂管管这人的，恐怕不只我，想来也包括他自己吧！管管这人麻烦在于难为他定名。说他是诗人，他偏写散文，而且“捞过界”，写得比散文家还好，气得人无可奈何。可是，你正待叫他一声散文家，他却又跑去电影里演起老禅师来了。你真当他老禅师吗？他又世俗得很，爬在地上以供儿子当马骑，而且吃喝享受，很有道行地看女孩子哩！你料他是狂徒吗？人家却正正经经地当过军人呢！你真想叫他军人吗？他又退了役，穿一领月白色对襟盘扣唐装，打一柄油伞去逛画展。你想叫他画家吗？他却拉起嗓子唱苍凉凄紧的铁板快书了，你想急急地赶过去，听听他唱什么吗？嘿，他早已“曲终人不见，江上数峰青”啦……

也许他的妻子说得对：

“他的童年比一般人都长——长到十九岁。”

但照我看，广义一点说，他的童年似乎更长，长到现在。

明末清初的才人张岱，曾在《自为墓志铭》里这样描绘自己：

“自且不解，安望人解。故称之以富贵人可，称之以贫贱人亦可。称之以智慧人可，称之以愚蠢人亦可。称之以强项人可，称之以柔弱人亦可。称之以卞急人可，称之以懒散人亦可。学书不成、学剑不成、学节义不成、学文章不成、学仙学佛学农学圃俱不成。任世人呼之为败子、为废物、为顽民、为钝秀才、为瞌睡汉、为死老魅也已矣。”

而管管比张岱好，因为张岱一直有一种没落的、凄楚的、衰世的意味。管管却打落门牙和血吞，练就了一副好汉心态，家是要想的。土是要念的，泪，也是要流的，但日子终究也是得过的！和张岱比，管管是盛世之音。

这样的管管，会有以下种种事，也就不足为奇：

他唱“平贵别窑”，要比别人多加三个字道白：“三姐啊！”此声一出，真是变徵之音，一座为之黯然。本来嘛，千里行军，临别焉有不叫一声妻子的道理，梨园师傅不懂的，管管却懂。

过年，别人贴对联，他贴诗，写在斗“方”上——大概避免人家说是“歪”诗吧：

山边砖墙青瓦屋
一株石榴是吾家
一家四口一只狗
满床诗书满地花

他写起诗来，不写“我”，专为“吾”，害得后生小子一个个也“吾”辈起来，他说：

“当然‘吾’字好，‘吾’字每一笔都是平平正正的，‘我’字就没有这么好。”

他自幼因为是独子，穿的是“百家衣”（向各家讨布来拼凑成衣，取吉祥福佑之意），吃的是“千家饭”，我看他写作也是如此，刘国松尝改写古人一联自戏谓：

几张古今中外画，
一个东西南北人。

我看如果改成：

几本古今中外书，
一个东西南北人。

倒是可以送管管的。

管管且又有“帮妻运”，把个朱陵娶到手，弄得她又会生儿又会养女，又会插花又会烧菜，而且一手写小说，一手写诗，连人也长得比从前娇丽了。

甚至有位女作家竟然说："山东话好像有很多种，管管说的那种跟别人不一样，比别人的好听，没那么侉。"

他的文学的声音的确比别人好听，他看到月亮，竟会说：

"请坐，月亮请坐。"

于是月亮就乖乖地坐在他对面。

他看到春天，竟会说：

"春天坐着花轿来！"

春天本来想坐巴士沿高速公路来的，经他一说，也就退了票，重新跨进轿子，一路吹吹打打很古典地来了。

他喜欢酒、喜欢辣椒大蒜、喜欢蟋蟀、喜欢松树、喜欢松鼠、喜欢在枪上插一撮野百合或水姜花……

他在一篇散文里如此写着：

这些老松也不知是何年何月栽的，反正是够老的了。吾们绝不是闲极无聊来找松树们的麻烦，吾们爱坐在他们的绿盖下看海潮，看奇莱山上的雪和云，看夜景。吾们也爱着老松们那一身皱皱的起了龙鳞的皮肤，还有寄生在他们身上的植物。我们也爱在他们绿盖下睡上一觉，闭着眼闻那一阵阵松香味和听松涛声。有时我们就劈下一块枯松枝点着走回家，也带一些松枝回家点，温温古人点松枝读书的苦味。

秋天到了，我们就去采松果，拿回家晒，晒出松仁来，装在酒里，古人说吃松苓酒可以长生不老，吾们也想长生不老玩玩。

——我忽然有些搞懂了，管管是个“大玩家”，玩天地、玩岁月、玩美。像马戏班里的人抛环子，手上虽只有三五个圆，但因玩得溜溜转，竟让你误以为有千百个，煞是好看，叫人怎能不屏息凝神、开心万分地驻足以观呢？

对于这天不管地不收的老孩子，这非儒非圣、非仙非妖却又亦人亦怪、亦正亦邪、亦柔亦霸的管管，你能把他如何呢？也只能希望他喝了松苓酒，从此果真长生不老，上纵青云，下梯四海，像石头里蹦出来的那位美猴王，在悬岩绝壁之处采得百花和百果，以谷为坛，以云为曲，酿些酽酽的美酒，来供我们这些循规蹈矩的凡人醺醉一番吧！

图书在版编目（CIP）数据
一句好话／张晓风著. 一北京：中国工人出版社，2018.6
ISBN 978-7-5008-7014-2
Ⅰ.①一… Ⅱ.①张… Ⅲ.①散文集一中国一当代 Ⅳ.①I267
中国版本图书馆CIP数据核字（2018）第135962号

洋葱 STUDIO
智识 | 趣味 | 无用之魅

著作权合同登记号：图字 01-2017-6771

一句好话

出 版 人　王娇萍
责任编辑　宋　杨
责任校对　董春娜
责任印制　黄　丽
出版发行　中国工人出版社
地　　址　北京市东城区鼓楼外大街45号 邮编：100120
网　　址　http://www.wp-china.com
电　　话　（010）62005043（总编室）（010）62005039（出版物流部）
　　　　　（010）62379038（社科文艺分社）
发行热线　（010）62005049　（010）62005042（传真）
经　　销　各地书店
印　　刷　三河市东方印刷有限公司
开　　本　787毫米×1092毫米　1/32
印　　张　7.875
字　　数　120千字
版　　次　2018年9月第1版　2018年9月第1次印刷
定　　价　48.00元